읽는 만큼 보이는 일본

읽는 만큼 보이는 일본 - 일본 문학상 산책

초판 1쇄 인쇄 2019년 2월 17일
초판 1쇄 발행 2019년 2월 27일

지은이 홍윤표 권희주 김계자
펴낸이 이대현
편집 홍혜정
디자인 홍성권
마케팅 박태훈 안현진

펴낸곳 도서출판 역락
출판등록 1999년 4월19일 제03-2002-000014호
주소 서울시 서초구 동광로 46길 6-6 문창빌딩 2층 (우06589)
전화 02-3409-2058
팩스 02-3409-2059
홈페이지 http://www.youkrackbooks.com
이메일 youkrack@hanmail.net

책값은 뒤표지에 있습니다.
잘못된 책은 바꿔드립니다.

ISBN 979-11-6244-373-6 03830

「이 도서의 국립중앙도서관 출판예정도서목록(CIP)은 서지정보유통지원시스템 홈페이지(http://seoji.nl.go.kr)와 국가자료공동목록시스템(http://www.nl.go.kr/kolisnet)에서 이용하실 수 있습니다. (CIP제어번호: CIP2019001681)」

읽는 만큼 보이는 일본

일본 문학상 산책

홍윤표·권희주·김계자 지음

역락

일러두기

1. 모든 일본어표기는 국립국어원의 외래어표기법을 따랐다. 이미 한국에 작품이 번역되어 있는 경우와 표기가 다를 수 있다.
2. 소설이 아닌 영화나 드라마 등의 콘텐츠는 〈 〉로 표기한다.
3. 일본의 인명, 지명, 대학명 등의 고유명사는 기본적으로 일본식 독음으로 표기하고, 원어를 병기한다.

머리말

일본에는 크고 작은 다양한 문학상이 존재한다. 연간 문학상 공모가 120건을 웃돌고, 프로 작가의 등용문으로 일컬어지는 문학상만 해도 30건 이상이 있다. 상금은 백만 엔 이상인 경우가 많고, 천만 엔의 상금이 주어지는 문학상도 있다. 이렇게 다양한 문학상의 존재는 작가들의 창작의욕을 고취시키는 역할을 톡톡히 하고 있으며, 일본 문학의 다양성과 두터운 독자층을 유지하는 비결이기도 하다. 또, 휴대폰소설, 웹 소설 등 미디어의 다변화로 인해 문학의 발신자와 수용자의 경계가 허물어지고 있으며, 새로운 문학상도 계속해서 생겨나고 있다. 이러한 다양한 일본의 문학상과 작품을 살펴보기 위하여 이 책을 다음과 같이 구성하였다.

첫째, 일본의 문학상을 대상 작품의 성격에 따라 문학성을 중시하는 순문학, 대중성을 중시하는 대중문학, 그리고 문화산업이나 엔터테인먼트 성격의 라이트노벨까지 세 항목으로 나누어 주요 일본문학상과 수상작을 살펴본다. 현대에 와서는 순문학이나 대중문학처럼 문학을 경계 짓는 자체가 어려운 측면이 있지만, 일본에서는 여전히 순문학과 대중문학을 구분해서 상을 수여하고 있고, 최근에는 라이트노벨 시장이 커지면서 관련 문학상도 주목을 받고 있다.

둘째, 각 문학상에 대한 개요를 설명하고, 주요 수상작을 선정하여 해당 문학상의 대표적인 작품을 읽어갈 수 있도록 하였다. 이러한 구성은 문학상의 특징과 작품 내용을 유기적으로 이해함으로써 일본문학과 사회에 대한 이해의 폭을 넓혀줄 것이다.

셋째, 순문학과 대중문학, 그리고 라이트노벨 문학상을 가능한 시대적으로 고르게 분포되도록 하였다. 일본문학이 제기하는 동시대적 문제와 쟁점을 파악할 수 있도록 하였고, 특히 최근에 주목받은 작품을 소개하여 현재적 의미에서 일본문학을 생각해볼 수 있도록 하였다.

넷째, 한국에서 비교적 인지도가 높은 작품을 우선적으로 소개하여 일본문학에 대하여 쉽고 친숙하게 접근할 수 있도록 하였다. 일본문학은 한국에서 드라마 및 영화로 다시 제작되는 경우가 많은데, 이는 한일 양국 문화의 유사성과 차이를 가늠해볼 수 있는 기회가 될 것이다.

다섯째, 각 장의 본문에 수상작 관련 콘텐츠가 있는 경우 이를 소개하여 현대사회의 문화 콘텐츠로서 문학의 역할에 대하여 생각해볼 수 있도록 하였다. 문화산업에 문학작품이 효과적으로 활용된 사례를 통해 문학에 대한 새로운 시각을 가질 수 있을 것이다.

여섯째, 본문에 나오는 주요 사건이나 키워드에 대하여 각주에 설명을 넣어 일본사회와 문화를 이해하면서 작품을 읽어갈 수 있도록 하였다. 따라서 이 책을 읽는 만큼 일본에 대한 이해의 폭이 넓어지고 깊이가 더해가는 것을 느낄 수 있을 것이다.

마지막으로 이 책은 일본 관련 학과에 진학하고자 하는 고등학생부터 현재 일본학을 전공하고 있는 대학생과 본격적으로 일본문학을 전공하고자 하는 대학원생까지, 그리고 일본 소설에 관심을 가지고 있는 일반 독자에게 일본의 대표적인 문학을 수월하게 감상할 수 있도록 길잡이가 되리라 생각한다. 부디 독자 여러분이 이 책을 통하여 일본문학에 대한 이해의 폭을 넓히고 다양한 상상을 통해 삶을 풍요롭게 할 수 있기를 바라마지 않는다.

2019년 정월에 저자 일동 씀

차례

순문학

01

아쿠타가와상

'아쿠타가와상芥川賞'은 신문이나 잡지 등의 매체에 발표된 순문학(순수문학)을 대상으로 무명이나 신진작가에게 수여하는 문학상이다. 문예춘추사의 일본문학진흥회에서 작품을 선별하고 심사를 통해 대상작을 선정하는 방식이다. 정식 명칭은 '아쿠타가와류노스케상芥川竜之介賞'이다. '아쿠타가와상'은 수상작이 없거나 제2차세계대전 중에는 일시적으로 중단된 적도 있지만, 대체로 상반기와 하반기로 나누어 연 2회 수여된다.

아쿠타가와 류노스케는 일본 다이쇼大正(1912~1926) 시대를 대표하는 문학자로, 다이쇼 시대는 사회와 문화 등의 각 방면에서 민주적이고 자유로운 분위기가 형성되었고, 예술도 다양하게 발전하였다. 이러한 시대에 순수하고 개성적인 자아를 연마하고 인간의 삶에 대한 사유를 깊게 하며 순문학을 추구한 아쿠타가와 류노스케의 작품성을 평가해, 1935년에 기쿠치 간菊池寛이 그의 이름을 따서 이 상을 제정하였다. 현대는 순문학과 대중문학의 경계를 명확히 구분 짓는 자체가 어렵지만, 일본문단에서는 여전히 순문학과 대중문학에 주어지는 상의 종류를 구분해 수여하고 있다. '아쿠타가와상' 수상작을 따라가다 보면 각 시대의 사회적 이슈에 대한 일본인의 인식이나 가치관을 엿볼 수 있을 뿐만 아니라, 인간에 대한 사유와 예술에 대한 감성을 가늠해볼 수 있다.

아쿠타가와상을 수상한 주요 작품으로 오에 겐자부로大江健三郎의 『사육飼育』(1958), 이회성李恢成의 『다듬이질하는 여인砧をうつ女』

(1971), 무라카미 류村上龍의 『한없이 투명에 가까운 블루限りなく透明に近いブルー』(1975, 군조신인문학상을 먼저 수상한 후에 아쿠타가와상 수상), 가와카미 히로미川上弘美의 『뱀을 밟다蛇を踏む』(1996), 마타요시 나오키又吉直樹의 『불꽃火花』(2015), 무라타 사야카村田沙耶香의 『편의점 인간コンビニ人間』(2016), 와카타케 지사코若竹千佐子의 『나는 나대로 혼자서 간다おらおらでひとりいぐも』(2018) 등이 있다.

오에 겐자부로大江健三郎	『사육飼育』(1958)
이회성李恢成	『다듬이질하는 여인砧をうつ女』(1971)
마타요시 나오키又吉直樹	「불꽃火花」(2015)
무라타 사야카村田沙耶香	『편의점 인간コンビニ人間』(2016)

전후 일본 문제와 '감금'
오에 겐자부로 『사육』

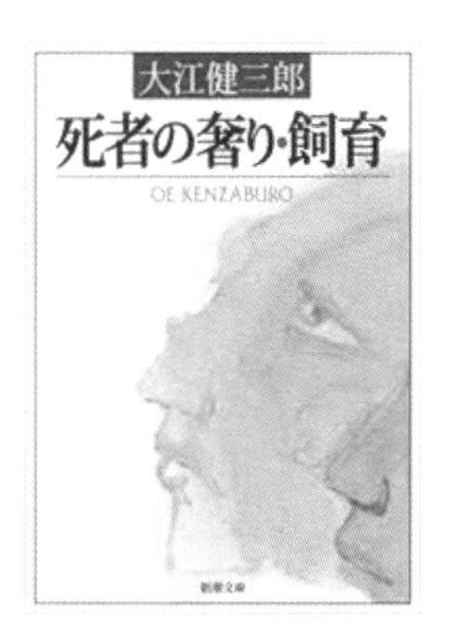

오에 겐자부로 『사육』

작가 소개

오에 겐자부로大江健三郎(1935~)는 시코쿠四国의 에히메愛媛 현의 깊은 산골에서 태어나 10세 되던 해에 패전을 맞이하고, 이후 전후 민주주의 가치를 교육받고 자랐다. 도쿄대학 불문과에 진학하여 평생의 스승으로 섬긴 와타나베 가즈오渡辺一夫를 만나 사르트르 연구에 몰두했다.

22세 되던 해에 「기묘한 일奇妙な仕事」(『東京大学新聞』, 1957.5)로 데뷔하였고, 이듬해인 23세 때 『사육飼育』(『文学界』, 1958.1)으로 아쿠타가와상을 수상함으로써 문학청년의 역량을 널리 인정받았다. 1963년에 지적 장애를 가진 장남 히카리光가 태어나면서 그의 문학세계는 크게 바뀌었다. 『개인적인 체험個人的な体験』(1964)에는 장남의 장애문제로 고민하는 아버지의 모습이 잘 그려져 있다. 또, 『만엔 원년의 풋볼万延元年のフットボール』(1967)에는 장애를 가진 형의 이야기와 전공투*에 좌절한 동생의 이야기, 재일조선인 이야기, 공동체의 폭력 문제 등 오에 겐자부로가 문학 속에 담고자 한 주요 내용이 그려져 있다.

오에 겐자부로는 1994년에 노벨문학상을 수상하였는데, 그의 작품을 노벨문학상으로 선정한 스웨덴 한림원은 "시적인 힘으로 생명과 신화가 밀접하게 응축된 상상의 세계를 창조하여 현대에 인간이 살아가는 고통스러운 양상을 극명하게 그려냈다"고 평가했다. 오에 겐자부로는 노벨문학상 수상소감 연설 「애매한 일본의 나あいまいな日本の私」를 통해

---

* 전공투

'전공투'는 '전학공투회의(全学共闘会議)'의 줄임말로, 1968년부터 1969년에 걸쳐 도쿄대학을 중심으로 결성된 대학생 공동투쟁조직을 가리킨다. 1960년대에 있었던 학생운동 전체를 통틀어 일컫는 말이기도 하다. 각 대학의 학내 비리문제를 시작으로 대학의 이념과 학생의 주체성 문제가 쟁점화되었다. 학교 본관을 봉쇄하고 바리케이트 시위라는 실력 행사를 동반하여 싸움을 전개하였는데, 점차 운동이 과격해지고 결속력이 약해지면서 실패로 끝났다.

일본의 첫 노벨문학상 수상자인 가와바타 야스나리川端康成*가 폐쇄적인 일본의 아름다움을 강조한 것을 비판하며, 한국이나 중국과 열린 연대를 해야 한다고 주장했다. 일본의 헌법 9조 개정문제와 일본의 역사교과서 왜곡문제, 천황제 등을 비판하며, 문학자가 행동해야 할 때라는 인식하에 절필 선언을 하고, 장편소설 『익사水死』(講談社, 2009) 이후 소설 창작을 하지 않고 있다.

작품 소개

『사육』은 오에 겐자부로의 전후 일본에 대한 생각을 잘 보여주는 작품으로, 『문학계文学界』(1958.1)에 발표되어 아쿠타가와상을 수상한 이후, 단편집 『죽은 자의 사치死者の奢り』(1958)에 수록되었다. 아쿠타가와상 선평에서 『사육』은 다른 작품에 비해 발군의 재능을 보여준 작품으로 호평을 받았다.

소설에서 시공간은 구체적으로 특정되어 있지 않다. 전쟁과는 무관하게 보이는 작은 산골마을까지 적의 비행기가 들어올 정도이므

---

* 가와바타 야스나리(川端康成, 1899~1972)
도쿄제국대학 국문과를 졸업하고, 1968년에 일본에서 처음으로 노벨문학상을 수상하였다. 대표작 『설국(雪国)』(1937)을 통해 고요하고 정적인 일본의 아름다움을 표현했다.

로 전쟁 말기임을 짐작할 수 있다. 계절은 여름으로 묘사되므로, 1945년 여름의 산골마을이 소설의 배경이다. 주인공 '나'는 동생과 함께 사냥을 해서 생계를 유지하는 아버지와 살고 있는데, 마을에 미군 전투기가 추락하여 그 속에 타고 있던 흑인 병사 한 명이 마을로 들어오면서 사건이 시작된다. 흑인 병사를 '사냥감'인 양 포로로 잡은 마을 사람들은 읍내에서 방침이 내려올 때까지 그를 마을에서 데리고 있기 위해 양쪽 발에 덫을 채워 동네 공동창고에 가두고 동물처럼 기른다(사육한다). 이를 본 소년들은 자신들과 다른 흑인의 모습을 보고 처음에는 무서워했지만, 이내 적敵이라기보다 "검둥이 한 마리에 지나지 않는다"며 열등한 존재로 취급한다. 나와 아이들은 식사를 날라다 주고 분뇨통을 비워주는 과정에서 흑인 병사가 온순한 동물처럼 얌전한 모습으로 때로는 웃기도 하고 자신들을 향해 뭔가 의사표현을 하려고 하는 모습을 접하면서 점차 마음을 열고 가까워진다. 그래서 아이들은 흑인의 발목에 난 상처에 연민을 느끼고 덫을 풀어준다. 서로 친밀감이 형성된 흑인 병사와 아이들은 공동물터에서 어우러져 축제 같은 즐거운 한때를 보낸다. 그런데 흑인 병사를 읍내로 이송하라는 지시가 내려오면서 아이들과 흑인 병사 사이의 친밀한 관계는 삽시간에 돌변하고 만다. 자신을 끌고 가려는 어른들에게 공포를 느낀 흑인 병사는 나를 인질로 삼아 지하 창고에 들어가 대항하고, 나는 억센 팔에 갇힌 포로의 신세가 되어버린다. 아버지가 도끼로 내리찍어 흑인을 죽이는 과정에서 흑인이 나의 왼손을 잡아채 이를 막으려 했기 때문에 나도 왼손에 부상을 입는다. 흑인 병사와의 사건을 겪으면서 나는 이제 더 이상 자신이 철없이 놀던 아이가 아니라고 생각한다.

작품을 읽는 키워드

'감금 상태'가 나타내는 전후 일본의 현실

흑인 병사와 아이들의 원시적인 축제의 향연

'나'의 성장소설로 읽는 『사육』

'감금 상태'가 나타내는 전후 일본의 현실

『사육』이 수록된 단편집 『죽은 자의 사치』(1958) 후기에서 오에 겐자부로는 수록 단편들을 1957년 후반에 썼다고 하면서, "감금되어 있는 상태, 폐쇄된 벽 안에 살고 있는 상태를 생각하는 것이 일관된 나의 주제"라고 말했다. 같은 책의 해설에서 문학비평가 에토 준江藤淳은 오에가 말한 '감금상태'에 대하여 "시대적으로 말하면 일종의 폐쇄상태"라고 설명하였다. 그렇다면 두 사람이 이야기하고 있는 '감금상태'란 시대의 어떤 모습을 나타내는 말인가?

일본은 패전 이후부터 1952년에 샌프란시스코 강화조약*으로 점령에서 풀려날 때까지 미군의 점령을 받는 피점령 상태가 7년간 이어졌다. 그리고 1952년에 정치적으로 점령에서 풀려나기는 하지만, 미일안전보장조약**으로 실제적으로는 미군에 종속된 상태가 계속 이어졌다. 오에가 초기작품에서 말한 '감금상태'는 패전 이후 미국에 의해 점령을 받고 있는 전후 일본의 굴욕적인 상황을 은유적으로 표현한 말이라고 할 수 있다. 『사육』과 같은 시기에 나온 『인간 양人間の羊』(1958)에도 미국이라는 거대한 벽에 가로막힌 일본인의 모습이 그려져 있다.

『사육』의 공간적 배경이 된 산골마을은 홍수로 인하여 읍내로 통하는 구름다리가 소실되어 고립된 상태이다. 여기에 흑인 병사가 끌려와 마을의 공동 지하 창고에 감금된다. 그것도 발목에는 덫이 채워진 상태이다. 즉, 흑인 병사는 이중삼중의 감금상태에 처해 있는 것이다. 여기에

* 샌프란시스코 강화조약

1951년 9월에 샌프란시스코에서 일본과 연합국 사이에 맺어진 평화조약으로, 1952년 4월에 발효되었다. 이 조약으로 제2차 세계대전 이후 연합군 최고사령부(GHQ)에 의한 일본의 점령기가 끝을 맺고, 일본은 주권을 회복하였다.

** 미일안전보장조약

샌프란시스코 강화조약을 체결한 날에 맺어진 조약으로, 일본의 안전 보장을 위해 미군을 일본에 주둔시키는 것을 정했다. 이후, 1960년에 개정된 신미일안보조약으로 이어져 극동아시아의 평화와 안전, 일본의 군사문제에 미군이 개입하는 상황이 이어졌다.

아이들, 그리고 그 뒤에는 마을 어른들이 종속하는 자로서 몇 겹으로 흑인 병사 앞을 가로막고 서 있다. 즉, 종속하는 자와 종속된 자의 감금상태가 몇 겹으로 겹쳐 있는 상태라고 할 수 있다. 동시대적 상황으로 보면 종속하는 자가 미군이고 종속 받는 자가 일본인인데, 소설 속에서는 역으로 미군이 포로로 종속되어 있고 일본인이 종속하는 자로 설정되어 있어, 전후 일본에 대한 비판적 의식을 역설적으로 보여주고 있다.

흑인 병사와 아이들의 원시적인 축제의 향연

아이들이 더 이상 흑인 병사를 무서워하지 않게 된 어느 무더운 오후에 아이들 중의 한 명인 언청이가 흑인 병사를 공동물터인 샘으로 데려가자고 제안하여 아이들은 환성을 지르면서 흑인 병사의 손을 잡아끌고 마을길을 달려 내려가 즐거운 축제를 벌인다.

> 우리는 모두 새들처럼 알몸이 되어 검둥이 군인의 옷을 잡아 벗기고는 한 덩어리가 되어 샘 가운데로 뛰어들어 서로 물을 끼얹으며 깍깍 비명을 질러댔다. 우리는 이 새로운 놀이에 완전히 빠져들었다. 검둥이 군인은 샘의 가장 깊은 곳까지 들어가도 물이 겨우 허리에 찰 정도로 덩치가 컸지만, 우리가 물을 끼얹으면 목 졸려 죽어가는 닭의 비명소리를 지르고는 물속으로 머리를 처박고 한동안 나오지 않다가 갑자기 일어서서 꽥 소리를 지르며 물을 사방으로 뿜어댔다. 물에 젖어

> 강렬한 태양빛을 반사하는 검둥이 군인의 알몸은 검정말처럼 충실하고 아름답게 빛났다. (중략) 뜨거운 태양빛은 우리의 단단한 맨살 위에 쏟아져 내리며 끓어오르는 물처럼 거품이 올라오는 샘에 부딪혀 반짝반짝 빛났다. 언청이는 새빨개진 얼굴로 낄낄거리면서 여자애의 물에 젖은 번쩍거리는 엉덩이를 넓적한 손바닥으로 때리며 소리를 질렀다. 우리는 배꼽을 잡고 웃었고, 여자아이는 울음을 터뜨렸다.

위의 장면은 소설의 클라이맥스로, 제한된 자유의 상태이지만 그래도 흑인 병사와 아이들이 서로 마음을 열고 즐겁게 축제를 벌이고 있는 장면이다. 알몸 상태로 한데 어우러져 물장난을 치며 환호성을 지르는 모습은 원시적인 고대신화의 향연을 보는 듯한 생명력을 느끼게 해준다. 특히, 이 소설에는 신체의 성性을 둘러싼 묘사가 많이 나오는데, 흑인 병사의 성기가 자신들과 다르게 크고 아름답다는 사실을 발견한 아이들의 묘사나, 본능적이고 원초적인 성에 대한 욕망과 생명력을 그대로 드러내는 묘사가 아이들의 놀이 장면에서 자주 보인다. 그런데 이러한 유토피아적인 축제의 분위기는 오래 가지 않는다. 흑인 병사와 아이들의 본능적이고 원초적인 축제는 전쟁이 일어나고 있는 현실 속에서는 오래 지속될 수 없는 비일상의 것이기 때문이다. 현실적으로 제한된 것이기 때문에 아이들과 흑인 병사가 보낸 한때는 더욱 아름답고 한편으로는 슬픈 분위기를 자아내고 있다.

'나'의 성장소설로 읽는 『사육』

『사육』의 주인공이자 내레이터인 '나'는 흑인 병사가 마을에 들어오면서 일어난 일련의 사건을 겪으면서 아이에서 어른으로 성장해간다. 처음에 마을 어른들이 흑인 병사를 '사냥감'처럼 끌고 마을로 들어왔을 때는 공포를 느끼지만, 흑인을 차별하는 어른들의 시선과 포로로 잡힌 흑인이 아무런 대항도 할 수 없는 상태라는 것을 알고 차별적인 시선으로 바라본다. 그런데 흑인병사와 가까이 지내는 동안 서로 소통하게 되고 같이 웃고 환호하며 즐거운 축제를 벌이기도 한다. 그러나 이런 즐거운 한때는 흑인 병사가 자신에게 닥친 불안을 감지하면서 순식간에 깨져버리고, 친근감을 느꼈던 흑인은 돌변하여 나를 인질로 잡고 마을 어른들에게 저항한다.

> 나는 검둥이 군인의 품에 감금되어 고통스러운 절규와 몸부림 속에서 이 잔혹한 상황의 의미를 모두 깨달았다. 나는 포로였다. 그리고 인질이었다. 검둥이 군인은 '적'으로 변해 있었고, 나의 아군은 덮개의 저편에서 허둥거리고 있었다. 분노와 굴욕감, 배신당했다는 슬픔이 내 몸속으로 뜨거운 불길로 번져 나갔다.

위의 인용에서 보듯이, 나는 자신을 포로로 잡고 적으로 돌변한 흑인 병사에게 굴욕과 배신감을 느끼고 있다. 그리고 자신을 지켜줄 거라고 믿었던 아버지에 의해 나는 왼손에 부상을 입는다. 나는 흑인 병사의 배신과 아버지의 배신이라는 이중의 배신을 체험하면서 죽음과 폭력이 언제든 일어날 수 있는 세계 속에 놓여 있는 자신을 발견하고, 이제 더 이상 천진난만한 아이의 세계에 자신이 머물러 있지 않다는 것을 깨닫는다.

> 나는 이제 아이가 아니다. 그런 생각이 계시처럼 내면에서 솟아오르는 것을 느꼈다. 언청이와의 피 튀기는 주먹질, 달밤의 새 후리기, 썰매 타기, 새끼 들개, 이 모든 것들은 아이들을 위한 거다. 그런 세계는 더 이상 나와는 아무 상관이 없는 세계가 되어 버렸다. (중략) 나는 갑작스러운 죽음, 죽은 자의 표정, 때론 슬픈 표정이고 때론 웃는 표정인 그런 것들에 매우 빠르게 익숙해져 갔다. 마을 어른들이 그러했듯이.

위의 인용은 소설의 거의 끝부분에 나오는 장면인데, 나의 의식이 아이에서 어른으로 변한 것을 알 수 있다. 전쟁의 폐해를 거의 모르고 살던 시골 산골마을의 한 아이에게도 전쟁은 폭력과 죽음의 그림자를 드리우며 소년의 의식의 변화를 가져온 것이다.

작품 관련 콘텐츠

『사육』은 1961년에 오시마 나기사大島渚 감독에 의해 동명의 흑백 영화로 제작되어 다이호大宝에서 배급하였다.

영화 〈사육〉(1961)

참고문헌

大江健三郎(1959),『死者の奢り·飼育』, 新潮文庫.
오에 겐자부로 지음·박승애 옮김(2016),『세계문학단편선21 오에 겐자부로』, 현대문학.
유승창(2011),「오에 겐자부로 초기 문학의 전후인식과 미국표상」『일본어문학』49, 일본어문학회.
이재성·박승애(2011),「오에 겐자부로의『사육(飼育)』에 관한 고찰-'감금상태'에서 나타난 축제와 공생-」『일본학보』89, 한국일본학회.

재일코리안 서사의 탄생
이회성 『다듬이질하는 여인』

이회성 『다듬이질하는 여인』

작가 소개

이회성李恢成(1935~)은 가라후토樺太(현 사할린)의 마오카초真岡

町에서 재일코리안* 2세로 태어났다. 일본이 패전한 후 1947년에 소련이 사할린을 점령하면서 이회성의 가족은 일본인으로 가장해 홋카이도北海道로 들어가지만 미점령군의 강제송환처분을 받아 규슈의 하리오針尾 수용소에 수감되어 있던 중에, GHQ 사세보佐世保 사령부와 절충이 되어 홋카이도의 삿포로札幌에 정착했다. 이회성은 와세다早稲田 대학 노문과를 졸업하고 조총련** 중앙교육부·조선신보사에 근무하면서 창작에 열중했으

* 재일코리안

일본에 정주해 살고 있는 한국인을 칭하는 개념은 다양하다. '재일한국인', '재일조선인', '재일동포', '재일코리안' 외에도 최근에는 '이산(離散)'을 뜻하는 '재일 디아스포라'라는 용어도 자주 볼 수 있다. 그만큼 이들 '재일(在日)'을 살아가는 사람들에 대한 이야기가 간단하지 않다는 사실을 보여준다. 우선 확인할 것은 '조선'은 민족명이고 '한국'은 국가명이기 때문에 '재일조선인'과 '재일한국인'은 위상이 다른 개념이라는 점이다. 또, '재일동포'라는 호칭은 한국이나 북한의 입장에서 부르는 말로, 재일의 삶을 살아가는 당사자의 입장을 반영하지 못하는 점이 있다. 따라서 현재적 관점에서 한국과 북한뿐만 아니라 일본으로 귀화한 사람들까지 다양한 상황을 아우르기 위해서는 국제적으로 통용되는 'Korean-Japanese'를 번역한 '재일코리안' 용어가 적절하다고 사료된다.

** 조총련

'조총련'은 '재일본조선인총연합회'의 줄임말로, '조선총련' 또는 '총련'이라는 말로도 불린다. 한국 측의 재일코리안 조직인 '민단(재일본대한민국민단)'에 대하여, 북한 측의 재일코리안 조직이 바로 '조총련'이라고 할 수 있다. 해방 직후의 일본에서 '조련(재일본조선인연맹)'이 결성되었는데, 이 '조련'이 '조총련'의 전신이다. '조련'이 1950년 4월에 해산되고, 1951년 1월에 '민전(재일조선민주주의통일전선)'이 결성되었다가, 1955년 5월에 '조총련'으로 바뀌면서 조선민주주의인민공화국의 직접적인 지도하에 들어가게 되었다.

나, 1966년 말에 조직을 벗어나 1969년 6월에 「또 다시 이 길에またふたたびの道」가 군조群像신인문학상을 수상하면서 문단에 데뷔했다. 그리고 『다듬이질하는 여인砧をうつ女』으로 외국인으로서는 처음으로 아쿠타가와상을 수상하였다. 이후, 사할린을 취재한 여행기 『사할린 여행サハリンへの旅』(1983)을 펴냈고, 재일문예잡지 『민도民濤』(1987-1990)를 발간하였으며, 1994년에는 『백년동안의 나그네百年の旅人たち』로 노마문예상野間文芸賞을 수상하였다. 이회성은 재일한국인 국적을 취득한 후에 김석범과 국적논쟁을 벌이기도 하였다.

작품 소개

이회성의 『다듬이질하는 여인』은 『계간예술季刊藝術』(1971.6)에 발표되었는데, 1971년도 하반기 아쿠타가와상 수상작으로 결정되어 1972년에 상을 수상하였다. 이전의 작품으로 4회 연속 아쿠타가와상 후보에 올랐지만 최종심에 탈락하고, 그 다음에 수상한 작품이다. 이회성의 아쿠타가와상 수상을 계기로 한국인의 일본문학상 수상이 이어졌고, 다른 국적의 외국인 수상자나 오키나와 등의 일본 내 마이너리티 계층의 수상도 활기를 띠었다. 그리고 재일코리안 문학 논의도 활발해졌다.

데뷔작부터 『다듬이질하는 여인』에 이르기까지 이회성의 초기작은 자신의 유년시절과 청년시절을 회고하는 자전적 성격이 강한데,

아버지의 난폭함과 어두운 '집'의 문제, 재일코리안의 정체성 문제 등을 다루었다. 『다듬이질하는 여인』의 작품평을 보면, 아쿠타가와상 수상 전에 열린 합평회(「群像創作合評」, 『群像』, 1971.9) 때부터 '조선' 혹은 '조선의 여성', '조선의 슬픔'과 같이 '조선적'인 정서가 표현된 작품으로 정형화된 평가를 받았다. 여기서 말하는 '조선적'인 것은 조선의 풍속, 조선의 어머니상, 그리고 조선인 가족의 문제나 민족의 삶을 포함하는 표현이다. 이러한 '조선적' 정서는 아쿠타가와상 선평에서 "새로운 문학을 짊어져야 할 그가 이러한 경향의 작품으로 수상하는 것은 곤란하다"(吉行淳之介), "정감적이지 않은 작품을 기대했다"(大岡昇平)는 등의 비판적인 평가도 있었다. 그러나 작중에서 할머니의 신세타령이나 어머니의 다듬이질하는 모습 등, 한 여인의 고난의 인생을 통해 조선 민족의 운명적 삶을 읽어 내고 있는 점을 동시대평에서 공통적으로 확인할 수 있다.

『다듬이질하는 여인』은 성인이 된 '나'가 어린 시절 어머니 장술이張述伊에 대한 기억을 떠올리며 이야기하는 형식이다. 패전을 10개월 앞둔 시점에서 어머니와 사별하는 9살 된 '나'의 기억으로 시작해 유년 시절로 거슬러 올라간다. 문어 춤으로 사람을 웃기고, 야뇨증으로 소금을 얻으러 다니던 기억 속에 있던 어머니의 모습과 화를 잘 내던 아버지의 기억, '동굴'이라고 칭한 조부모 집에서 할머니의 신세타령으로 들은 어머니의 젊은 시절의 모습과 조선에서 일본으로 건너가 결혼하고 홋카이도에서 가라후토에 이르는 일가족의 유맹流氓의 세월을 이야기한다. 그리고 1939

년에 조선의 친정에 기모노를 입고 파라솔을 쓰고 돌아온 어머니를 따라 왔을 때의 기억을 '나'는 떠올리고, 33살에 죽은 어머니의 나이에 도달한 현재의 자신을 되돌아본다. 그리고 다시 어릴 적 회상으로 돌아가 어머니와 아버지가 싸우던 모습, 어머니의 다듬이질하던 소리, 그리고 어머니의 죽음에 대한 아버지의 자책을 회상하는 '나'의 술회로 소설은 끝난다.

작품을 읽는 키워드

재일코리안 서사의 대표성

재일코리안의 유맹의 삶

재일코리안 서사의 연속성

재일코리안 서사의 대표성

이회성의 실제 어머니이자 『다듬이질하는 여인』의 작중인물 '장술이'는 세 가지 축으로 이야기된다. 먼저 '장술이'의 다섯 아들 중 셋째인 '나'(소설 속에서 '조조'라는 별명으로 불림)의 내레이션으로 이야기되는 축을 들 수 있다. '나'는 몇 차례의 과거 회상과 현재에 느끼는 감정을 통해 어머니에 대한 기억을 떠올린다. 두 번째 축은 장술이의 남편, 즉 아버지가 어머니에 대해 회상하는 이야기를 전달하는 '나'의 내레이션이 있다. 세 번째 축은 장술이의 어머니, 즉 할머니가 딸에 대하여 들려주는 이야기를 '나'가 전달하는 내레이션이다.

이상의 '나'의 세 종류의 내레이션은 각각에 따라 이야기하는 시간과 공간이 달라진다. 먼저 할머니가 딸 장술이에 대해 이야기할 때의 시공간은 주로 1920년대 식민지 조선을 배경으로 하고 있다. 장술이가 아직 일본으로 건너가기 전에 조선에서 처녀시절을 보내던 모습을 보여주고 있다. '나'는 할머니의 이야기를 들으며 어머니가 삶에 대한 강한 의지를 갖고 있었을 것이라고 생각한다. 이후, 장술이가 일본으로 건너가 결혼한 이후에 일본 각지를 전전하며 홋카이도, 사할린까지 이동하는 1930~40년대의 이야기는 주로 아버지의 회상을 통해 '나'의 내레이션으로 전개된다. 그리고 전후 현재 시점의 일본에서 자신이 기억하는 어머니와, 할머니, 그리고 아버지가 회상하는 장술이에 대한 기억을 번갈아가며 이야기하는 '나'의 내레이션이 있는 것이다.

이상에서 보듯이, 『다듬이질하는 여인』의 서사구조는 1920년대의 식민지 조선, 1930~40년대의 일본, 그리고 전후의 일본을 배경으로 하는 장대한 이야기로, 장술이 개인의 이야기에 머무르지 않고 일제강점기를 살아낸 조선 사람의 역사를 보여준다. 즉, 『다듬이질하는 여인』은 재일코리안의 삶의 궤적을 보여주는 재일코리안 서사라고 할 수 있다. 1920년대에 일제 치하에서 식량과 노동력을 착취당하는 생활에 내몰려 일본으로 건너가게 되는 과정이 장술이가 일본으로 건너가는 과정을 통해 제시되고, 1930~40년대 전쟁의 격화일로에 있는 일본에서 징용으로 끌려 다니며 일본 각지를 전전하며 북상하다 급기야 홋카이도와 일본 점령지의 최북단인 사할린까지 이동하는 과정은 징용 생활과 협화회協和會* 활동을 하던 아버지의 모습을 통해 잘 드러나 있다. 그리고 전후 일본사회에서 현재 살고 있는 '나'의 존재가 바로 재일코리안의 현재의 상태를 대변해준다.

이 소설은 '장술이'라는 작중인물이 이회성의 실제 어머니의 이름이고, 이회성의 개인 이력과 소설의 내용 전개가 거의 동일하게 전개되고 있기 때문에 자전적 소설이라고 할 수 있는데, 서사가 개인의 이야기에 머무르지 않고 재일코리안 서사로서의 대표성을 띠는 것은 바로 앞에서 살펴본 바와 같이 소설의 시공간과 그 속에서의 내용이 일제강점기를 살아낸 전후 재일코리안의 삶의 궤적을 그대로 대변해주고 있기 때문이다.

* 협화회(協和會)
'협화회'는 전시 하의 일본에서 특별고등경찰(특고)을 중핵으로 조직된 기관이다. 1920년대 초에 식량 수탈과 실업 등으로 조선에서 생활이 어려워진 조선인이 일본으로 건너가는 경우가 늘면서 이른바 '내선융화(內鮮融化)' 운동을 명목으로 조직되었다. '협화회'는 일제강점기 동안 조선인을 압박하고 통제해 치안대책과 황민화 정책 수행에 편의적으로 이용했으며, 일본이 본격적으로 전시체제에 들어가면서 부족한 노동력을 동원하는 데에 주로 활용했다.

재일코리안의 유맹의 삶

『다듬이질하는 여인』에서 재일코리안의 삶의 궤적을 잘 보여주고 있는 표현으로, '흘러간다(流れ / 流される)'는 말이 장술이의 대사에 몇 번 나온다.

> 어머니는 아버지처럼 흘러 다니는 사람이 어딘가에 머물러 있어 주기를 바라는 것 같았다. 흐름에 역행하는 것이 무리라고 해도 어딘가에서 발을 딛고 버티려는 의지를 아버지가 삶의 방식으로 가져 주기를 바랐던 것 같았다.
>
> "어디까지 흘러갈 거예요? 시모노세키에 온 것으로 충분해요. 다시 혼슈에서 홋카이도로, 또 가라후토까지. 당신의 삶의 방식도 그에 따라 흘러가는 거예요."

> "흘러 다니지 마세요."
>
> 아버지는 우리에게 어머니에 대한 이야기를 할 때, 그녀가 이런 뜻을 품은 채 죽은 여자였다는 사실을 자책하며 말하곤 했다.

작중에서 어머니 장술이와 아버지가 조선에서 일본의 시모노세키로, 그리고 혼슈를 거쳐 홋카이도, 가라후토로 이동해 살아온 삶은 작자인 이회성의 삶이기도 하다. 이회성은 전후에 가라후토에서 홋카이도를 거쳐 시모노세키를 통해 조선으로 귀국하는 도중에 다시 홋카이도로 되돌아가 정착하면서 재일조선인의 삶을 살고 있다. 즉, 그의 삶 자체가 바로 유맹의 재일조선인의 삶의 궤적을 보여주고 있다. 작중에서 장술이가 남편에게 "흘러 다니지 마세요"라고 말하는 것은 귀속할 곳을 찾아 주체적으로 살아가야함을 강조하고 있는 말로 이해할 수 있다.

재일코리안 서사의 연속성

'나'가 어머니가 결혼하기 전의 이야기를 할머니의 '신세타령'을 통해 듣는 장면이 있다.

> 조모가 옆으로 오면 누룩 냄새가 나기 때문에 나는 어떻게 해서든 떨어지려고 했다. 머리카락은 거미줄 같고 얼굴은 주름투성이다. 그러나 벌써 끝장이다. 그녀는 의외로 센 힘으로 나를 껴안고, 내 손주야 하면서 뺨을 비빈다. 간신히 껴안은 팔을 푼 나는 "망할 할매" 하고 소리치며 달아난다. 조모는 벌 받을 놈이라며 기세 좋게 소리치지만, 한편으로는 맥없이 눈물 섞인 목소리로 우는 여자처럼 딸에 대한 추억에 잠긴다. 누구에게랄 것도 없이 자신의 딸이 살아온 삶을 이야기하기 시작한다. 그리운 자식의 일생을 우는 소리로 몸을 흔들며 무릎을 쳐가면서…….
>
> 이것이 흔히 말하는 신세타령(신세 이야기. 곡조를 붙여서 이야기한다)

> 이라는 것을 나중에 알았다. 나는 지금도 그 운율을 읊조릴 수 있다. 얼마나 슬픈 진혼가인가. 풀피리 소리가 흐르는 듯한 쓸쓸함이다. 그러면서도 운율에는 큰 강물이 흐르는 듯한 격조와 사시나무가 나부끼는 듯한 부드러움이 세차게 내리치는 분노와 원한과 섞여 어떠한 명인의 악보에도 없는 리듬을 만들어낸다.

위의 인용에서 보듯이, 할머니는 자신의 딸에 대한 회상에 빠져 신음하는 듯한 목소리로 몸을 리듬감 있게 흔들며 무릎을 손으로 탁 쳐가면서 때로는 우는 소리로 딸에 대한 회상을 노래한다. 딸에 대해 회상하는 할머니의 신세타령은 고향을 떠나 타향을 전전하는 자식에 대한 안타까움과 젊어서 죽은 딸의 운명을 슬퍼하는 내용으로 전개된다. 그런데 이러한 전통적인 이야기방식의 '신세타령'으로 어머니의 이야기를 구성지게 노래하던 할머니의 모습을 떠올리며, '나'는 어머니에 대한 이야기를 평범한 내레이션으로밖에 이야기할 수 없지만 그래도 어머니의 이야기를 자신의 나름의 방식으로 이야기해가겠다는 생각을 한다. 재일코리안 서사를 지속적으로 이어가려는 '나'의 의지를 엿볼 수 있는 대목이다. 일제강점기에 시작된 일본에서의 삶, 그리고 이후의 재일로서의 생활을 계승해서 이야기해가는 형태는 재일코리안 서사의 원형을 보여주고 있다.

작품 관련 콘텐츠

『다듬이질하는 여인』은 일본인이 아닌 외국 국적의 사람이 일본에서 가장 영예로운 문학상인 아쿠타가와상을 수상한 첫 사례로, 일본에서 재일코리안 문학이 수용되는 데 이회성이 중요한 역할을 했다. 또한 이 작품은 일본 고등학교 국어 교과서에 실린 첫 외국인 작품으로도 주목할 필요가 있다(『新版 高校国語 I 』日本書籍, 1994). 특히 작품이 교과서에 수록될 때 '가혹한 식민지 지배'와 같은 표현도 그대로 실려, 종래 공습이나 원폭 같은 내용으로 전쟁을 표현해온 피해자 차원의 전쟁 인식과는 다르게 피식민지인이 겪은 전쟁 이야기를 보여줌으로써 당시에 대한 역사인식에 매우 중요한 관점을 시사하고 있다. 그런데 1998년에 발간된 가도카와角川 서점판에서는 이러한 표현은 삭제되고 주로 '나'의 성장과정이나 어머니와의 추억 등에 중심을 두고, 이문화 공생의 취지로 개편되었다.

참고문헌

李恢成(1972), 『砧をうつ女』, 文藝春秋社.

이회성 지음·이호철 옮김(1972), 『다듬이질하는 女人』, 정음사.

이영호(2015), 「1970년대 재일조선인 문학 장르 형성 연구: 1971년 이회성(李恢成)의 아쿠타가와상(芥川賞) 수상을 중심으로」 『한림일본학』 27, 한림대 일본학연구소.

Kim, Gaeja; Lee, Youngho(2017), "When a Personal Narration Represents the Zainichi Korean Narrative: Lee Hoesung's The Cloth-Fulling Woman", *Forum for World Literature Studies*, Knowledge Hub Publishing Company Limited.

삶의 희로애락과 유머

마타요시 나오키 『불꽃』

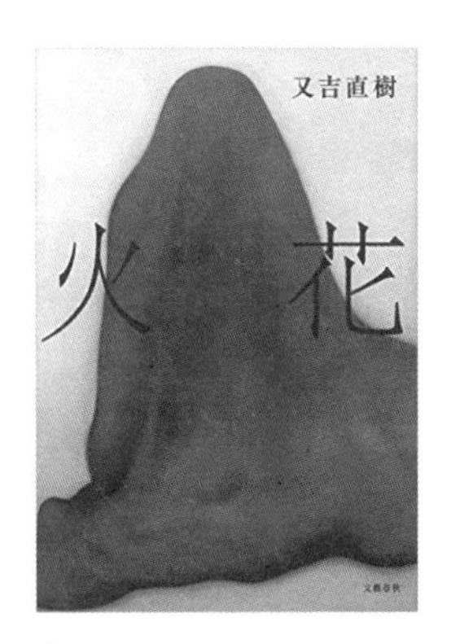

마타요시 나오키 『불꽃』

작가 소개

2015년의 일본문학계는 한 작가의 탄생으로 떠들썩했다. 마타요시 나오키又吉直樹(1980~)가 바로 그 작가이다. 오사카 출신으로, 연예기획사인 요시모토흥업吉本興業에 소속되어 아야베 유지綾部祐二와 만담콤비 피스ピース를 결성해 2003년에 개그맨으로 데뷔했다. 중학교 시절

에 아쿠타가와 류노스케의 소설을 읽으며 독서에 빠졌고, 가장 좋아하는 작가는 전후의 사소설* 작가로 유명한 다자이 오사무太宰治이다. 다자이의 소설을 반복해서 읽으며 소설가로서 꿈을 키웠다고 한다. 그는 무명 개그맨으로서 가난한 생활을 견디며 헌책방에서 책을 구해 읽었다. 그런 그가 쓴 중편소설 『불꽃火花』이 일본사회에 큰 화제를 불러일으킨 것이다. 『불꽃』을 발표하기 전에 단편소설을 몇 작품 발표했는데, 세상에 그의 이름을 알린 것은 『불꽃』이 계기가 되었다. 마타요시 나오키는 이 소설로 인기를 모으면서 텔레비전이나 신문 등의 매스컴에 자주 등장하게 되었고, 그다지 인기 없었던 무대에서의 예능도 흥행몰이를 하는 등 마타요시 신드롬을 불러 일으켰다. 이후 장편소설 『극장劇場』(『新潮』, 2017.5) 외에 수필집이나 각본 등을 쓰며 소설가와 개그맨을 겸하고 있다.

* 사소설
사소설은 1900년대 근대 초기에 생겨나서 현재에 이르기까지 일본문학의 큰 축을 이루고 있는 특징인데, 작가가 신변잡기적인 내용을 허구를 거의 섞지 않고 쓴 자전적인 것들이 많다. 그런데 독자가 해당 텍스트의 작중인물과 화자, 그리고 작자의 동일성을 기대하고 믿는 것이 궁극적으로 그 텍스트를 '사소설'로 만들기 때문에 사소설은 실체라기보다 모드(mode)이고, 따라서 이데올로기적 언설 작용을 통해 '만들어진' 문학형식이라고 주장하는 스즈키 도미(鈴木登美)의 논의도 있다.

작품 소개

『불꽃』은 『문학계文學界』(2015.2)에 처음 실렸는데, 이 잡지는 발매 사흘 만에 매진되고 문의가 빗발쳐 잡지가 창간된 1933년 이래 처음으로 7천 부를 증쇄했으며, 다음 달인 3월에 작품이 단행본으로 출판되었다. 주로 20~30대가 많이 사보았다고 하는데, 34만 부가 팔린 여세를 몰아 그해 7월에 아쿠타가와상을 수상했다. 이후 수상 효과가 더해지면서 2015년 한 해 판매누적부수가 240만 부라는 대기록을 세웠고, 마타요시 나오키는 일약 스타덤에 올랐다. 일본 오리콘차트에서 발표한 랭킹에 따르면, 2015년 한 해에 팔린 10위권 책 중에서 소설로는 『불꽃』이 유일하다.

사실 아쿠타가와상이나 나오키상 같은 문학상 자체가 문예춘추사라는 대형 상업저널리즘의 출판 전략하에서 수여되고 있는 측면을 부정할 수 없기 때문에, 『문학계』의 소설 게재에서 아쿠타가와상의 수여, 그리고 판매로 이어지는 일련의 과정에 상업성 시비는 배제할 수 없다. 이러한 상황을 감안하더라도 240만 부의 기록은 특기할 만하다. 이전에 아쿠타가와상 수상작의 단행본 발행 부수로 화제가 된 무라카미 류村上龍의 『한없이 투명에 가까운 블루限りなく透明に近いブルー』(1976)가 131만 부, 와타야 리사綿矢りさ의 『발로 차 주고 싶은 등짝蹴りたい背中』(2003)이 125만 부를 기록한 예와 비교해도 단연 월등하다. 어느 정도까지는 출판사의 전략이 기능한 때문이라고 해도 240만 부의 기록은 독자의 호응 없이는 불가능한 수치이다. 일본의 3대 일간지를 비롯해 각종 매스컴은 2015년의

문화계를 흔든 사건으로 '마타요시 신드롬'을 꼽았다. 무엇이 이토록 일본 국민을 열광시킨 것일까?

『불꽃』은 젊은 개그 예능인 '나', 즉 도쿠나가徳永가 선배 예능인 가미야神谷와 보낸 청춘시절을 이야기해가는 내용이다. 아타미만熱海湾의 바다를 마주한 곳에서 여름의 불꽃놀이를 즐기려는 유카타浴衣 차림의 사람들이 몰려 있는 가운데 큰북소리가 리듬감 있게 울려 퍼지는 소리로 소설이 시작한다. 나는 불꽃놀이 대회에서 영업이 끝난 뒤에 술자리에 불러준 가미야와 사제관계를 맺는다. 같은 세대의 예능인이 잇달아 인기가 있는 가운데 나와 가미야는 좀처첨 인기를 끌지 못했다. 그러나 나는 심야 프로그램에 나가는 등 조금씩 인기를 얻기 시작한다. 그런데 가미야는 인기가 없는 데다 동거하던 여성에게 애인이 생겨 여성의 집에서 나온다. 나는 만자이漫才*로 가미야를 웃게 해주려고 하지만, 가미야는 좀처럼 웃어주지 않는다. 이후, 가미야는 빚을 지고 행방을 감춘다. 나도 일이 점차 줄

* 만자이(漫才)
무대예능의 하나로, 두 사람이 한 조를 이루어 골계적이고 해학적인 이야기를 서로 주고받으며 사람들에게 들려주는 형식이다. 두 사람의 역할은 보케(ボケ)와 쏫코미(ツッコミ)로 나뉘는데, 보케는 엉뚱한 행동이나 말로 사람들을 웃기고, 쏫코미는 이에 대하여 딴지를 걸어 웃음을 자아내는 역할을 한다. 다이쇼 (大正)시대 말기부터 쇼와(昭和)시대 초기에 오사카의 요세(寄席)에서 성황을 이루어 전국에 퍼졌다. 지금도 이야기예능은 오사카가 가장 유명한 것도 이러한 역사적 유래에 기원한다. 사회풍자나 곡을 섞어가며 다양한 내용으로 구성하여 사람들의 인기를 얻고 있다.

고 만자이를 같이 하던 사람이 결혼을 결심하면서 10년 동안 계속해오던 콤비를 해산하고 예능인을 그만 둘 결심을 한다. 그리고 나서 나는 가미야와 1년 만에 재회를 하는데, 가미야는 웃음을 너무 의식한 나머지 가슴확대수술을 받고 충격적인 모습으로 나타난다.

소설의 마지막은 둘이 만난 지 10년이 지난 겨울의 불꽃놀이 대회 장면이다. 스폰서가 지원하는 불꽃놀이가 박수와 환성 속에서 성대하게 펼쳐지고, 도쿠나가는 불꽃놀이를 구경하는 측에 서 있다.

작품을 읽는 키워드

삶의 희로애락을 담아낸 소설

현대일본사회와 '유머'

'순문학'이라고 하는 콘텐츠

삶의 희로애락을 담아낸 소설

『불꽃』은 코미디 예능을 하는 작중인물 도쿠나가가 같은 업계의 네 살 연상인 가미야를 만나면서 전개되는 이야기이다. 도쿠나가, 즉 '나'는 주위의 시선에 아랑곳하지 않고 늘 예능거리를 생각하는 가미야에게 감화되어 사제지간의 관계를 맺은 이후, 웃음이 무엇이고 개그맨이 어떤 존재인지 생각해가는 날들을 담담하고 코믹하게 이야기해간다. 도쿠나가는 자신의 전기傳記를 써달라는 가미야의 청을 받아들인다.

두 사람의 대화는 흡사 만담을 하고 있는 느낌을 준다. 예를 들어, 가미야가 도쿠나가에게 "너는 책을 읽니?" 하고 물으면, 도쿠나가는 "별로 읽지 않습니다"고 답하는 식이다. 전기를 쓰겠다는 사람이 책을 별로 읽지 않는다고 스스럼없이 답하고 있어 유머러스한 장면을 연출한다. 이에 가미야가 다음과 같이 말한다.

> "내 전기를 쓰려면 문장을 써야 하니까 책은 읽는 것이 좋아."
>
> 가미야 씨는 진심으로 내게 전기를 쓰게 할 작정인 것 같다.
>
> 나는 책을 적극적으로 읽는 습관이 없었는데, 까닭 없이 읽고 싶어졌다. 가미야 씨는 벌써 내게 강한 영향력을 갖고 있었다. 이 사람에게 칭찬받고 싶다, 이 사람에게 미움을 받고 싶지 않다, 이렇게 생각하게 하는 뭔가가 있었다.

소설의 작자 마타요시 나오키는 사실 책을 매우 많이 읽는다는 사실이 각종 인터뷰를 통해 알려져 있는데, 작중에서는 책을 그다지 읽지 않는 청년을 주인공으로 설정한 것이다. 만약 문학을 좋아하는 작자가 자신과 등신대의 작중인물을 설정했다면 오히려 식상했을지도 모르는데, 반대의 인물설정이 우선 신선하다. 그리고 이 소설을 열심히 읽고 있을 독자에게 책을 읽지 않는다는 주인공의 발언은 분명 재미있는 설정이다.

작자인 마타요시 나오키는 자신이 개그 예능을 하고 있기 때문에 『불꽃』에는 자신의 주변에서 소재를 취해 적고 있는 부분이 많다. 만담 콤비에서 그가 담당한 역할이 보케ボケ인 영향도 있어 얼빠진 듯 웃음을 자아내는 분위기도 소소히 즐길 수 있는 데다, 코끝을 찡하게 하는 작중인물의 고난의 일상에 감정이 이입되는 장면도 있다. 생활고에 시달리다 결국 도쿠나가는 예능을 그만 두게 되고, 가미야도 빚에 쫓겨 실종된다. 두 사람의 인생역정은 아쿠타가와상 선평에서 가와카미 히로미川上弘美가 평가했듯이, 모순이나 기쁨, 실망과 쩨쩨함, 반짝임 같은 인간이 존재하는 곳에 있는 희로애락의 다양한 감정을 잘 담아내고 있다.

현대일본사회와 '유머'

소설의 후반부에 두 사람이 1년 만에 재회하는 장면에서 가미야가 가슴확대수술을 하고 나타나 괴이한 형상을 하고 있는 모습의 묘사는 결코 유머러스하게 웃어넘길 수 없는 조금 충격적이고 황당한 결말이다. 개그 예능이라면 반전의 연출로 볼 수 있을지 모르나, 소설의 결말로 보기에는 필연성이 없는 우연함과 통속적인 요소라고 하지 않을 수 없다. 그리고 이러한 우연함은 소설의 처음에 도쿠나가가 가미야에게 감화되어 제자가 되겠다고 한 시점부터 이미 시작된 현상이다. 오쿠이즈미 히카루奥泉光가 선평에서 "개그 예능을 목표로 하는 젊은 사람들의 심정의 핵심으로 깊이 파고 들어가고 있지 못하다"고 하면서 상을 수여하는 것에 반대한다고 말한 대로, 이야기의 전개가 작중인물의 내면적인 필연성을 수반하고 있지 않아 이야기들이 맞물리지 않고 단편적으로 나열되어 있는 인상을 주기도 한다. 그래서 또 다른 선자選者인 무라카미 류村上龍도 "너무 길다"고 하면서 아쿠타가와상 선정작으로 적극 추천하지 않은 이유를 밝혔다.

그렇다고 하면『불꽃』이 '마타요시 신드롬'을 일으키며 경이로운 판매 부수를 기록한 것은 소설의 내용보다는 오히려 인기도 없던 대중 예능인이 순수문학을 써서 그 가장 대표격인 아쿠타가와상을 수상했다는 사실에 있는지도 모른다. 그리고 희극의 힘을 믿고 싶어 하는 현대 일본인의 허한 심경에 잘 맞아 떨어진 결과라고 할 수 있다. 후자에 착목한 출판사가 전자의 기획을 통해 만들어낸 성과라고 해도 틀린 말은 아니다. 산업화되어 콘텐츠로 소비되는 현대문학의 특징을『불꽃』의 인기에서 확인할 수 있다.

그런데 한 가지 흥미로운 사실이 있다. 소설『불꽃』에 등장하는 도쿠나가와 가미야는 둘 다 개그 예능에 실패한 사람들이다. 도쿠나가는 전업을 했고 가미야는 생활비도 여의치 않을 정도로 돈벌이를 하지 못해 궁여지책으로 사람들을 웃길 방법을 찾다 가슴확대수술을 한 것이다. 이런 가미야의 모습을 보고 '나'는 "공포와 분함이 섞인 감정으로 잠시 세계를 정말로 저주"하고 불쾌한 기분이 들었다고 이야기하자, 가미야도 지금은 수술한 사실을 후회하고 있다고 말한다. 그리고 두 사람은 "한 순간으로도 영원으로도 생각되는 동안, 주위를 신경 쓰지 않고 목메어 운다."

즉, 개그 예능은 한때 불꽃처럼 타오른 순간도 있었지만, 결국 두 사람은 가혹한 경쟁사회에서 고군분투하다 좌절하고 방황하면서 새로운 길을 찾아가려고 하는 결말이다. 인생에 처참하게 실패한 자의 웃을 수 없는 음울한 냉소가 여운으로 남는 소설이다. 따라서 이 소설은 블랙 코미디black comedy적 성격을 띠고 있다. 살아있는 한 아직 도중이고 계속해가야 한다는 말미의 작위적인 교훈은 사족이지만 독자에게 공감을 준다. 유머의 공간이 씁쓸한 웃음으로 그 강도強度가 유지되는 긴장감이 이 소설의 특징이고, 유머조차도 밝고 쾌활하게 웃고 있을 수만은 없는 현대사회에 대한 해석이 잘 그려져 있다고 할 수 있다. 현실의 패배와 비참함, 그리고 유머가 나뉠 수 없는 지점이 바로 문학이라고 이야기하고 있는지도 모른다. 『불꽃』에 그려진 것은 개그와 문학의 대결이 아니라 이 시대의 문학이 놓인 복잡하고 힘겨운 모습이 아닐까 생각된다.

'순문학'이라고 하는 콘텐츠

칼럼니스트 나카모리 아키오中森明夫는 『불꽃』을 "문학에 오염되지 않은 순수한 개그맨 청년을 주인공으로 해서" "문학과 개그お笑い를 명확히 분리시켜 대결시키는" 구도라고 설명하며, 이 대결이 소설에 흔하지 않은 긴장감을 주고 있다고 말했다. 나카모리의 말대로 이 소설에는 개그라고 하는 다른 장르의 요소가 들어와 있다. 도쿠나가나 가미야가 각각

결성한 콤비와 예능을 펼치는 무대 이야기를 비롯해, 둘이서 나누는 핸드폰 문자 메시지의 재치 있는 표현이나 재담 등은 웃음을 자아낸다. 그리고 인간은 모두 만담꾼漫才師이라고 외치는 가미야의 영향을 받으며 자신이 성숙하고 있음을 느끼는 도쿠나가의 내레이션이 곳곳에 나오는 등, 개그 예능인의 삶이 소재를 넘어 현장감을 가지고 육박해오는 느낌이 드는 것도 사실이다. 기승전결의 전개나 장 구성을 취하지 않고 짧은 단막처럼 구분해 여러 에피소드를 연결하는 식으로 구성하고 있는 이 소설의 형식도 이 작품을 소설보다는 개그 예능의 분위기로 만들고 있다.

그러나 분명 이 작품은 '소설'로 발표되었고, 순수문학에 주는 영예로운 상인 아쿠타가와상을 수상하였다. 그것도 역대 어느 작품보다 월등하게 호평을 받았다. 즉, 나카모리가 말한 문학과 개그의 대결구도라기보다 오히려 개그가 문학이라는 틀을 빌어 그려진, 혹은 문학 속으로 대중적인 오락성이 개입해 들어온 형태라고 볼 수 있다. 사실 현대문학은 순문학과 대중문학의 경계를 명확히 나누는 것 자체가 어렵다. 『불꽃』은 소설의 내용과 형식 모두 기존의 순문학 소설과 비교하면 달라진 것이 사실이다. 문학 자체가 대중문화 콘텐츠로 소비되는 현대사회의 경향을 보여준다고 할 수 있다. 중요한 것은 순문학이나 대중문학으로 카테고리를 구분하는 것보다, 인간의 감정을 다양하게 담아내어 동시대를 살아가는 사람들에게 공감과 감동을 주는 것에 있다. 서브컬처시대에 걸맞게 소설의 영역을 개그 장르를 포섭해 확장시킨 마타요시 나오키의 『불꽃』에서 볼 수 있듯이, 문학은 변화된 소비패턴에 적응할 것이 요구되고 있다.

작품 관련 콘텐츠

『불꽃』은 2016년 6월에 넷플릭스Netflix에서 10회 드라마로 제작하여 방송되었다. 또 NHK에서 2017년 2월부터 4월까지 10회 텔레비전 드라마로 제작하여 방송되었다. 그리고 2017년 11월에는 도호東宝에서 이타오 이쓰지板尾創路 감독이 동명의 영화로 제작하여 개봉되었다. 이 외에도 동명의 만화(2016~2017)로도 제작되었으며, 2018년에는 <불꽃~소설가의 영혼(火花~Ghost of the Novelist~)>이라는 제목으로 연극으로 상연되었는데, 작자인 마타요시 나오키가 주인공 역을 맡아 연기하여 화제를 모으는 등, 『불꽃』은 소설뿐만 아니라 다양한 콘텐츠로 제작되어 인기가 계속 이어지고 있다.

참고문헌

又吉直樹(2015),『火花』, 文藝春秋社.
마타요시 나오키 지음·양윤옥 옮김(2016),『불꽃』, 소미미디어.
스즈키 토미 지음·한일문학연구회 옮김((2004),『이야기된 자기』, 생각의나무.
中森明夫(2015),「又吉直樹論ー小説家·又吉直樹の宿命」,『文學界』, 文藝春秋社.

너무나 어려운 '보통 사람'으로 살기

무라타 사야카『편의점 인간』

무라타 사야카『편의점 인간』

작가 소개

무라타 사야카村田沙耶香(1979~)는 지바현千葉県에서 태어나, 도쿄도東京都 마치다시町田市 소재의 다마카와대학玉川大学 문학부를 졸업했다. 2003년『수유授乳』로 제46회 군조신인문학상群像新人文学賞 우수상을 수상하면서 문단에 데뷔했다. 2009년에는『은색의 노래ギンイロノウタ』

로 제31회 노마문예신인상野間文芸新人賞을 수상했고, 2013년에는 『백색의 거리, 그 뼈의 체온しろいろの街の、その骨の体温の』으로 제26회 미시마유키오상三島由紀夫賞을 수상했다. 그리고 2016년에는 자신의 편의점 아르바이트 경험을 바탕으로 쓴 『편의점 인간』으로 제155회 아쿠타가와상을 수상, 일약 주목받는 작가의 반열에 올라섰다. 아쿠타가와 수상 기자회견에서 "편의점에서 아르바이트를 하고 있다고 하는데 사실인가요?"라는 기자의 질문에 "네, 오늘도 일하고 왔습니다."라고 대답하여 화제가 되었다. 이어지는 "이번에 아쿠타가와상을 수상하셨습니다만, 앞으로도 편의점 아르바이트를 계속하실 예정인가요?"라는 질문에 "점장님과 상의해 봐야겠지만, 가능하면… (계속 할 생각입니다)"라는 대답으로 기자회견장을 웃음바다로 만들었다. 열 명을 낳으면 한 명을 죽여도 되는 '살인출산 제도'가 있는 세계를 그린 「살인출산」, 인공수정으로만 아이를 얻을 수 있는 가상의 세상을 그린 『소멸세계』 등 기묘한 작품세계와, 독특하다고 알려져 있는 작가의 성격으로 인해 '크레이지 사야카'라는 별명으로 불리고 있다.

작품 소개

『편의점 인간コンビニ人間』은 잡지 『문학계文学界』 2016년 6월호에 게재되었고, 2016년 7월에는 문예춘추文藝春秋사에서 단행본 출판되었다. 저자 무라타 사야카는 대학재학 시절부터 편의점에서 아르바이트

를 했고, 작가 데뷔 이후에도 편의점 아르바이트를 계속해 왔다. 정식으로 취업하지도 않고 결혼도 하지 않는 『편의점 인간』의 주인공 후루쿠라 게이코古倉恵子는 저자 자신의 모습이 투영되어 있는 인물이라 할 수 있다.

이 소설에는 1990년대부터 일본사회에 대두되었던 프리터* 문제, 그리고 2000년대 들어 두드러지기 시작한 연애도 결혼도 하지 않는 젊은 세대의 증가 등의 사회현상이 투영되어 있다. 소설의 줄거리는 다음과 같다.

편의점 점원인 '나'(후루쿠라 게이코)는 여느 때와 같이 편의점에서 일을 하고 있다. 아침의 편의점은 다양한 소리로 가득 차 있고, 편의점 유리창 밖으로 보이는 분주하게 걷는 사람들의 모습을 보면 세상의 모든 톱니바퀴가 회전하는 것 같다. 그리고 편의점에서 일하고 있는 나도 그 순간 톱니바퀴가 되어 회전하고 있다는 느낌을 받는다.

어린 시절 나는 어딘가 좀 이상한 아이였다. 공원에 죽어 있는 새를 보고 다른 아이들은 불쌍하다며 울고 있는데, 나는 엄마에게 "이

* 프리터

프리터는 영어 free와 아르바이트, 그리고 '~하는 사람'을 뜻하는 '-er'을 더한 일본식 조어(造語)로, 정규직이 아닌 아르바이트로 생계를 유지하는 사람들을 의미한다. 1990년대 버블경제가 무너지고, 고도경제성장기 일본 고용제도의 특징인 연공서열체계, 평생고용체제가 함께 무너지게 되면서, 파견직(비정규직), 아르바이트 등의 고용형태가 급증하게 된 것이 그 배경이다. 프리터의 증가는 2000년대의 불황 및 경제양극화 현상과 맞물려 사회문제가 되었다.

거 먹자"라고 말하는 아이였다. 초등학교 체육시간에 남자아이들이 싸우고 있을 때 나는 난폭한 아이를 삽으로 후려친 적도 있다. 난폭한 싸움을 말릴 수 있는 가장 빠른 방법은 이 방법뿐이라고 생각했다. 선생님은 화를 냈지만 나는 선생님이 왜 화를 내는지 알 수 없었다. 나를 예뻐하시는 아빠와 엄마가 내가 일으킨 말썽 때문에 곤경에 처하게 되는 것도 좋은 일은 아니라 생각해 나는 가능한 한 말을 하지 않기로 했지만, 너무 조용한 것도 부모님을 걱정하게 하는 일이었다. 걱정하는 부모님을 보고 나는 '고치치 않으면 안 된다'고 생각하면서 어른이 되었다.

대학 1학년 때 처음으로 편의점 아르바이트를 시작했다. 2주간 연수를 받고, 나는 배운 대로 일을 했다. 그리고 편의점 오픈 날, 나는 처음으로 세계의 정상적인 부품이 될 수 있었다.

지금은 서른여섯 살, 편의점 점원으로 일한 지 벌써 18년이 되었다. 편의점에서는 매뉴얼대로 하면 세계의 정상적인 부품이 될 수 있었지만, 매뉴얼 바깥에서는 어떻게 하면 보통의 인간이 될 수 있는지 몰랐다. 이러한 이질감은 가끔씩 고향친구들을 만날 때 더욱 두드러진다. 대부분의 친구들은 취직이나 결혼을 하여 사회의 평범한 일원이 되어갔지만, 취직도 결혼도 하지 않은 사람은 나뿐이다.

그러던 어느 날 내가 일하고 있는 편의점에 시라하白羽라는 신참이 들어왔다. 시라하는 서른다섯 살의 남자로 나와 마찬가지로 취직도 결혼도 하지 않은, 사회에 적응되지 않은 인물이다. 시라하는 편의점에서도 부품으로 기능하지 못한다. 지각을 일삼고 맡은 일을 제대로 하지도 못한다. 그러다가 단골 여자 손님에게 과도한 관심을 보이는 행위가 문제가 되어 편의점 아르바이트를 그만 두게 된다.

나는 일을 그만 둔 시라하와 함께 이야기를 나누다가 시라하도 세상에 적응하지 못하는 사람이라는 것을 알게 되고, 결혼을 하게 되면 연애 경험이나 섹스 경험에 대해 간섭당하지 않을 수 있다는 생각에 급작스럽게 시라하에게 결혼하자는 제안을 한다. 마침 시라하는 월세가 밀려 곤란해 하고 있던 상황이라 두 사람은 기묘한 동거를 시작하게 된다. 사랑도 없고 함께 있을 이유도 없는 비정상적인 동거지만 집 안에 남자가 있다는 이야기를 들은 여동생과 친구들은 하나 같이 기뻐했고, 나도 비로소 모두에게 환영받는 존재가 된 것 같은 느낌이 들었다. 하지만 여동생이 집으로 찾아와 욕실에서 살고 있는 시라하를 발견하고 언니의 비정상적인 행동에 울음을 터뜨린다. 또,시라하의 제수씨(남동생의 아내)가 찾아와 시라하에게 빚을 갚으라고 독촉한다. 설상가상으로 편의점에 동거사실이 알려지고 사람들은 수군거리기 시작한다. 여러 가지로 지친 나는 18년간 일했던 편의점을 그만 두게 된다.

편의점을 그만 두고 한 달 가까이 지난 후 나는 파견직 면접을 보게 되었다. 파견직 면접을 보러 가는 길에 나는 '편의점의 소리'를 듣게 되고 면접장으로 끌고가려는 시라하를 뿌리친다. 그리고 다시 내 세포가 꿈틀거리고 있음을 느끼게 된다.

작품을 읽는 키워드

편의점의 생생한 묘사

평범함의 강요

현대 사회의 소외감

편의점의 생생한 묘사

『편의점 인간』의 첫 부분은 다음과 같다.

편의점은 소리로 가득 차 있다. 손님이 들어올 때 나는 벨 소리, 편의점에 흘러나오는 유선방송에서 신상품을 선전하는 아이돌의 목소리. 점원의 인사 소리와 바코드를 스캔하는 소리. 바구니에 물건을 넣는 소리, 빵 봉지를 집어 드는 소리와 가게 안을 걷는 하이힐 소리. 모두 섞여 '편의점 소리'가 되어 내 고막을 계속 울린다.

매장의 페트병이 하나 팔리고, 안쪽 페트병이 롤러를 타고 데구르르 굴러와 그 자리를 채우는 작은 소리에 고개를 든다. 마지막으로 차가운 음료를 집어 계산대로 향하는 손님이 많기 때문에 그 소리에 반응하여 몸이 자연적으로 움직인다. 미네랄워터를 손에 쥔 여자 손님이 아직 계산대로 안 가고 디저트를 고르고 있는 것을 확인하고 나서 다시 손으로 시선을 돌렸다.

짤그락 하는 작은 동전 소리에 고개를 돌려 계산대 쪽을 바라본

> 다. 손바닥이나 주머니 속에서 동전 소리를 내고 있는 사람은 담배나 신문을 빨리 사서 돌아가려고 하는 사람이 많기 때문에 동전 소리에는 민감하다. 예상대로 캔커피를 한 손에 들고 다른 한 손을 주머니에 찔러 넣은 채 계산대로 오고 있는 남자가 있었다. 재빨리 가게 안을 이동해서 계산대 안으로 몸을 밀어 넣고 손님을 기다리게 하지 않으려고 안에 서서 대기한다.

실제 일본의 편의점 현장에 있는 것과 같은 느낌을 주는 생생한 묘사이다. 이 소설의 가장 큰 장점은 편의점이라는 작은 공간의 세세한 묘사에서 출발하여 세상을 살아가는 삶의 가치관으로 확장이 된다는 점이다. 이와 같은 묘사는 저자의 실제 편의점에서 장기간 일을 해 본 경험과 주의 깊은 관찰력 덕분일 것이다. 위에서 인용한 부분뿐만 아니라 판촉 행사, 상품 배열, 편의점 일의 진행 순서 등 세심한 묘사는 이 소설을 읽는 내내 감탄을 자아내게 하는 요소이고, 이러한 세밀한 묘사는 이 소설의 중심 주제 중 하나인 톱니바퀴처럼 돌아가는 세상 속에서 맞물려 돌아가는 '부품'으로서의 인간을 표현하기 위한 것이기도 하다. 연수를 끝내고 처음으로 편의점 아르바이트를 할 때의 감정을 이 소설은 다음과 같이 표현하고 있다.

> "어서 오세요!"
>
> 나는 아까와 같은 음색으로 소리 높여 인사를 하고 바구니를 받아들었다.
>
> 그 때 나는 처음으로 세계의 부품이 될 수 있었다. 나는 지금 내가 태어났다고 생각했다. 세계의 정상적인 부품으로서의 내가 이 날 분명히 탄생한 것이었다.

편의점은 남들과 달라 세상에서 겉돌고 있는 것처럼 여겨졌던 '나'를 세상이라는 거대한 기계 속 톱니바퀴의 하나로 기능하게 만들어 주는 장소였다. 편의점에는 매뉴얼이 있었고, 매뉴얼대로 행동하면 어긋나서 소외되는 일도 없다. 이 소설에서 편의점은 주인공 '나'에게 삶의 전부이면서 세상과 연결되는 유일한 장소이기도 하다.

평범함의 강요

이 소설은 세상의 기준에 맞지 않는 사람들에 대한 이야기이다. 어린 시절 남들과 다른 생각을 가지고 있어 종종 말썽을 일으켰던 '나'는 걱정하는 부모님의 모습을 보고 '고치지 않으면 안 된다'라고 생각하게 된다. 어른이 되고 나서도 이른바 '정상적인' 사람들과 달리 취직과 결혼을 하지 않은 '나'는 세상에서 이질적인 존재이다.

"이상한 거 물어봐도 돼? 저기 게이코는 연해 해본 적 있어?"

농담조로 사쓰키가 말했다.

"연애?"

"사귄 적이라든가…… 그러고 보니 게이코한테 그런 얘기 들은 적이 없네"

"응…… 없어."

반사적으로 솔직히 대답해 버렸더니 모두가 조용해졌다. 곤혹스런 표정을 지으면서 서로 눈짓을 주고받고 있다. 아, 그래. 이럴 때는 "응, 좋은 느낌을 가졌던 적은 있지만, 난 보는 눈이 없나봐"하고 애매하게 대답해서, 사귄 경험은 없지만 불륜이라든가 하는 사정이 있는 연애경험이나, 육체관계를 가진 적이 정말로 있는 것 같은 분위기로 대답하는 편이 낫다고 예전에 여동생이 가르쳐 준 적이 있었다.

세상은 다양한 사람들로 구성되어 있는 것이 당연하지만, 많은 사람들은 이러한 사실을 잊은 채, '평범함'에서 벗어난 존재를 마주할 경우 당황하고 곤혹스러워하면서 이러한 존재를 애써 소거消去하려고 한다. 소거는 혐오, 망각, 무시 등 다양한 방식으로 드러난다. 그리고 이질적인 것에 대해 나름 합리적이라 생각하는 인과성因果性을 부여하는 것도 소거의 주요 방식 중 하나인데, 이 소설에서는 이러한 방식이 다음과 같이 잘 드러나 있다.

성경험은 없어도 자신의 섹슈얼리티를 특별히 의식한 적이 없는 나는 성에 무관심한 만큼 특별히 괴로워한 적은 없었지만, 모두들 내가 괴로워하고 있다는 것을 전제로 이야기를 계속 진행하고 있다. 예를 들어 정말 그렇다고 해도 모두가 말한 것과 같이 이해하기 쉬운 형태의 고뇌라고는 할 수 없는데, 누구도 거기까지는 생각하려고 하지 않는다. 그런 쪽이 자신들에게는 이해하기 쉽기 때문에 그렇게 해 두고 싶다고 이야기하고 있는 것 같았다.

어린 시절 삽으로 남자 아이를 때렸을 때도 "분명 집에 문제가 있을 거야"라고 근거도 없는 억측으로 가족을 책망하는 어른들 뿐이었다. 내가 학대 받는 아동이라고 하면 이유를 알 수 있어 안심이 됐기 때문에 '그게 분명하니 얼른 인정해라' 라고 말하려는 것 같았다.

이 소설에서는 평범함에서 소외되는 사람들을 나타내는 다양한 표현이 등장한다. '사회의 짐', '루저', '나머지', '이물질', '밑바닥 인생' 등의 표현이 그것이다. 이와 반대되는 존재는 '정상', '평범' 등의 말로 표현되고 있는데, 결국은 절대적으로 '정상', '평범'이라는 관념이 존재할 수 없음에도 불구하고, 세상은 이러한 범주에 속하지 않은 존재들에게 평범한 세계에 속하기를 강요하고, 이에 실패했을 때는 평범하지 않다고 생각되는 존재를 소거시키고 있음을 이 소설은 말하고 있다.

현대 사회의 소외감

이 소설의 중요 인물 중 하나인 시라하는 서른다섯 살에 결혼도 하지 않고 정규직 취직을 하지 않는 인물로 그려지고 있다. 주인공 '나'는 자신만의 생각을 가지고 특별한 불만 없이 세상을 살아가는 인물인데, 이와 달리 시라하는 지향하는 바는 세상의 평범함이지만 그렇게 되지 못하는 인물이다. 그래서 시라하는 '왜 편의점에서 일하느냐'는 질문에 '결혼하기 위해서'라고 대답한다. 이렇게 평범함을 지향하기 때문에 시라하는 자신과 비슷한 처지의 인물을 '루저', '밑바닥 인생' 등으로 비하하면서 세상에 대한 불만을 터뜨린다. 그리고 세상에 대한 불만을 말할 때 가장 많이 인용하는 것이 '조몬시대繩文時代*'이다. 시라하는 큰 회사에서 일하는 여자들은 싫다고 하면서 다음과 같이 말한다.

> "그 여자들은 자기랑 같은 회사에 다니는 남자한테만 추파를 던지고 나하고는 눈도 마주치려고 하지 않아요. 대체로 조몬시대繩文

---

* 조몬시대(繩文時代)
조몬시대는 기원전 1만1000년경부터 기원전 300년경까지에 해당하는 시대로, 빙하기가 끝나고 일본 열도가 형성되면서 새로운 문화가 출현한 시대이다. '조몬(繩文)'은 '줄무늬'라는 의미로 이 시기 유적지에서 발견된 토기에 줄무늬가 있는 것에서 '조몬시대'라는 명칭이 유래되었다. 이 시대에는 일본 열도 최초의 토기문화가 발생하였고, 자연환경 변화에 적응하기 위해 활과 화살 등 다양한 도구를 발명, 사용하였다.

時代 때부터 여자는 그래 왔어요. 젊고 귀여운 마을 최고의 여자는 힘이 세고 사냥을 잘 하는 남자의 것이 되죠. 강한 유전자가 남고 나머지는 나머지들끼리 서로 위로하는 수밖에 없어요. 현대사회라는 건 환상이고 우리들은 조몬시대와 크게 다르지 않은 세계에 살고 있어요. 대체 남녀평등이라느니 뭐니 하면서……"

시대착오적 사고를 하는 시라하의 한심함도 위의 인용에서 읽어낼 수 있지만, 다른 한편으로는 현대사회가 '정상', '평범함'이라는 관념으로 소외자들을 억압하는 것은 약육강식의 논리가 지배하는 조몬시대와 다를 바 없음을 이야기하는 것이기도 하다. 시라하는 시종일관 '조몬시대'에 대해 이야기하는데, 시라하가 '조몬시대'에 집착하는 이유에 대해서는 다음과 같이 이야기하고 있다.

"나는 언제부터 이렇게 세상이 잘못되었는지 조사해보고 싶어서 역사책을 읽었어요. 메이지, 에도, 헤이안, 아무리 거슬러 올라가도 세계는 잘못된 채 그대로였어요. 조몬시대까지 거슬러 올라가도요!"

시라하가 테이블을 흔들어 자스민차가 컵에서 흘러 넘쳤다.

"나는 그래서 깨달았어요. 이 세계는 조몬시대와 다르지 않다는 것을요. 마을에 도움이 되지 않는 인간은 삭제되어 갑니다. 사냥을 하지 않는 남자와 아이를 낳지 않는 여자. '현대사회라느니 개인주의라느니'라고 하면서 마을에 소속되려고 하지 않는 인간은 간섭받고 강요받고 최종적으로는 마을에서 추방당하죠."

"시라하씨는 조몬시대 이야기를 좋아하시네요."

"좋아하지 않아요. 진짜 싫어합니다! 하지만 이 세계는 현대사회의 껍질을 쓴 조몬시대에요. 큰 사냥감을 잡아오는 힘 센 남자에게 여자가 모이고, 마을에서 제일가는 미녀가 시집옵니다. 사냥에 참가하지 않거나 참가해도 힘이 약해 도움이 되지 않는 남자는 무시당해요. 시스템은 전혀 달라지지 않았어요."

"네"

시간을 두고 맞장구를 칠 수밖에 없었다. 하지만 시라하가 말한 것을 완전히 부정할 수는 없었다. 편의점과 마찬가지로 우리들은 교체되고 있을 뿐, 같은 모습이 계속되고 있는 건지도 모른다.

시라하의 말은 확실히 얼빠진 이야기이지만, 주인공 '나'는 묘하게 설득당해 완전히 부정할 수는 없는 이야기라고 생각한다. 위의 인용에서 시라하의 말은 이성이 지배하는 현대사회라고 해도 필연적으로 겪을 수밖에 없는 약육강식의 섭리를 '조몬시대'까지 거슬러 올라가 과장되게 표현한 것이다.

결국 주인공 '나'는 시라하와는 달리 편의점이라는 장소에서 자아를 발견하지만, 시라하는 소설 마지막까지 세상의 '평범함'을 좇아 무리한 행동을 계속한다. 세상에는 다양한 사람이 공존하고 있고, 평범하지 않은 이질적인 존재라고 해도 '비정상'은 아니라는 생각이 현대사회에 꼭 필요한 덕목이라는 것을 이 소설은 말하고 있다.

참고문헌

村田沙耶香(2016),『コンビニ人間』, 文藝春秋社.
무라타 사야카 지음·김석희 옮김(2016),『편의점 인간』, 살림.
「芥川賞受賞作家インタビュー」『文藝春秋』2016. 9.
일본사학회 지음(2011),『아틀라스 일본사사』, 사계절.

순문학

02

요미우리문학상

'요미우리문학상読売文学賞'은 일본 최대 발행부수를 자랑하는 요미우리신문사가 제정하여 시상하는 문학상이다. 패전 후 문예부흥에 일조하기 위한 목적으로 1949년에 창설되었다. 〈소설〉, 〈희곡·시나리오〉, 〈평론·전기〉, 〈시가·하이쿠〉, 〈연구·번역〉, 〈수필·기행〉 등 모두 여섯 부문으로 나누어 시상하고, 과거 1년간 발표된 작품 중 가장 우수한 작품을 선정하여 시상한다. 여섯 부문 중 〈희곡〉은 제19회(1967년도)부터 추가되었고, 제46회(1994년도)부터는 〈희곡〉 부문을 〈희곡·시나리오〉 부문으로 개편했다.

다양한 장르와 분야에 시상을 한다는 점이 특징으로, 종합문학상으로서의 역사와 권위를 가지고 있다. 2018년 기준으로 수상자에게는 벼루와 200만 엔의 상금이 수여된다.

〈소설〉 부문의 주요 작가와 작품으로는 제3회(1951년도) 오오카 쇼헤이大岡昇平 『들불野火』, 제8회(1956년) 미시마 유키오三島由紀夫 『금각사金閣寺』, 제14회(1962년) 아베 고보安部公房 『모래의 여자砂の女』, 제34회(1982년) 오에 겐자부로大江健三郎 『'레인트리'를 듣는 여인들「雨の木を聴く女たち」』 등이 있다.

미시마 유키오三島由紀夫	『금각사金閣寺』(1956)
아베 고보安部公房	『모래의 여자砂の女』(1962)

관념으로만 존재하는 절대적 아름다움
미시마 유키오 『금각사』

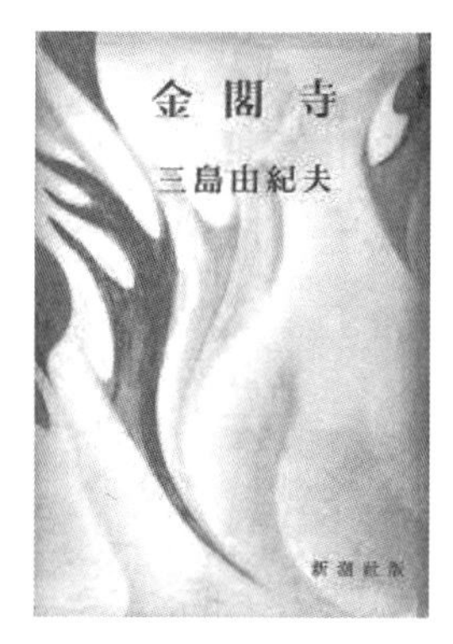

미시마 유키오 『금각사』

작가 소개

미시마 유키오三島由紀夫(1925-1970). 본명은 히라오카 기미타케平岡公威. 1925년 1월 14일 도쿄에서 아버지 히라오카 아즈사平岡梓와 어머니 히라오카 시즈에平岡倭文重 사이에 장남으로 태어났다. 병약했던 어린 시절에는 친할머니의 과보호를 받으면서 자랐고, 독서에 빠져 지냈

다고 전해진다. 1931년 학습원 초등과에 입학하고, 1937년 학습원 중등과에 진학, 이때부터 습작 소설을 쓰기 시작했다. 학습원 중등과에 재학 중이던 1941년, 만 16세의 나이로 중편소설『꽃이 만발한 숲花ざかりの森』를 발표하고 문단의 주목을 받았다. 필명 미시마 유키오는 이때부터 사용하기 시작했다.

1942년에는 학습원 중등과를 졸업하고, 고등과에 진학하였다. 1944년에는 학습원 고등과를 수석으로 졸업하고 도쿄대학 법학부에 입학하였다. 1947년에는 대학 졸업 후 고등문관시험에 합격하여 대장성大蔵省에서 일하다가 작가와 관직을 동시에 수행하는 것이 어렵다는 것을 깨닫고 관직을 그만두고 전업작가의 길로 들어섰다.

1949년에는『가면의 고백仮面の告白』을 발표하여 가장 주목받는 신진작가로 발돋움하였고, 이후 1954년『파도소리潮騒』, 1956년『금각사金閣寺』등을 차례차례 발표하여 작품성과 대중성을 모두 인정받으며 전후를 대표하는 스타작가의 자리에 오르게 되었다.

미시마 유키오의 초기, 중기 작품은 주로 낭만적 경향을 띠었으나, 1960년대에 들어와서 작품활동에 큰 전환기를 맞이하게 된다. 미시마 유키오의 변화를 극적으로 보여주는 작품이 바로 1961년에 발표한 단편소설『우국』인데, 여기에서 처음으로 '천황天皇'이라는 기호가 등장하고 이후에는 일본전통과 천황주의를 외치며 점점 우익사상에 경도되는 모습을 보인다. 그리고 1966년에는 2.26사건의 청년장교와 제2차세계대전

때의 가미카제 특공대의 '영령'이 전후 일본의 모습을 비판하는 이야기를 그린『영령의 소리英霊の声』를 발표하면서 극우주의자의 면모를 노골적으로 드러내었다. 결국 1970년 11월 25일에는 풍요의 바다 4부작의 마지막인『천인오쇠天人五衰』원고를 출판사에 건넨 후 자신이 만든 사설 군대 조직 '방패회楯の会' 청년 네 명과 함께 육상자위대 이치가야市ヶ谷 주둔지 총감실에 난입하여 자위대원들에게 천황을 위해 궐기할 것을 외친 다음 할복자살하였다. 이 유명 소설가의 예상치 못한 할복자살 사건은 전세계에 큰 충격을 주었다.

작품 소개

『금각사』는 잡지『신초新潮』1956년 1월부터 10월까지 연재되었고, 1956년 10월에 신초샤新潮社에서 단행본이 출판되었다. 1950년 7월 2일 교토 로쿠온지鹿苑寺의 승려 하야시 쇼켄林承賢이 국보 금각에 불을 지른 실제 사건을 모델로 한 소설이다.

이 소설의 처음은 다음과 같이 시작한다.

> 어린 시절부터 아버지는 나에게 자주 금각에 관한 이야기를 했다.
>
> 내가 태어난 곳은 마이즈루舞鶴의 동북쪽에 있는, 일본해 쪽으로 튀어나온 어쩐지 쓸쓸한 느낌이 나는 곳이다. 아버지의 고향은 거기

가 아니라 마이즈루 동쪽 교외의 시라쿠志楽이다. 간절한 부탁을 받고 승려가 되어 외진 곳에 있는 절의 주지스님이 되었고, 그 곳에서 부인을 얻어 나를 낳았다.

나리우成生곶의 절 가까이에는 적당한 중학교가 없었다. 그래서 나는 부모 슬하를 떠나 아버지 고향의 작은아버지 집에 맡겨져 거기에서 히가시마이즈루東舞鶴 중학교를 도보로 다녔다.

아버지의 고향은 해가 엄청나게 밝은 곳이었다. 그러나 1년 중 11월, 12월경에는 아무리 구름 한 점 없어 보이는 쾌청한 날에도 하루에 네다섯 번이나 소나기가 내렸다. 나의 변덕스러운 마음은 이 지역에서 길러진 것이 아닐까 하는 생각이 든다.

5월 저녁 무렵에 학교에서 돌아와 작은 아버지 집 2층의 공부방에서 저쪽 작은 산을 바라본다. 어린잎이 가득한 산중턱이 석양을 받으니 들판 한 복판에 금병풍을 세운 것처럼 보인다. 그것을 볼 때마다 나는 금각을 상상했다.

사진이나 교과서에서 현실의 금각을 종종 보았지만, 내 마음 속에서는 아버지가 말한 금각의 환영이 항상 승리했다. 아버지는 결코 현실의 금각이 금빛으로 빛나고 있다고는 말하지 않았지만 아버지는 금각만큼 아름다운 것은 이 세상에 없다고 말했다. 또 금각이라는 글자모양이 주는 느낌, 그 음운으로부터 내 마음이 그려낸 금각은 더할 나위 없이 아름다웠다.

가난한 주지 스님의 아들로 태어난 '나'(미조구치)는 말더듬이로 내향적인 성격을 가진 아이였다. 위의 인용에 나와 있는 것처럼 '나'는 아버지가 가르쳐 준 금각의 아름다움을 마음속에 그리면서 성장하게 된다. 로쿠온지의 도제가 된 '나'는 금각을 바로 곁에서 볼 수 있는 생활을 한다. 금각의 아름다움을 마음속으로만 지나치게 키운 탓인지 실제로 금각을 처음 보았을 때는 전혀 감동이 없었지만, 전쟁 중 금각이 불타버릴 위기에 처했을 때는 '비극적 아름다움'을 느낄 수 있었고, 전쟁이 끝난 후에는 금각은 초연한 아름다움을 보여주었다. 대학에 진학한 '나'는 강렬한 독과 악의를 품고 있는 가시와기柏木를 만난다. 가시와기의 소개로 만난 여자와 잠자리를 가지려고 할 때 금각의 환영이 나타나 그만 '나'는 무력감에 휩싸이게 된다. 점점 금각과 '나'는 공존할 수 없게 되고 '아름다움'을 '원적'怨敵으로 느끼게 된다. 스승과의 사이도 삐걱거리게 되자 '나'는 절에서 도망쳐 금각을 불태워버릴 결심을 하게 된다. 방화준비가 끝났을 때 '나'는 또다시 무력감에 빠지지만, 결국은 무력감을 떨쳐내고 금각에 불을 지른다. 그리고 죽을 작정이었지만 죽지 못하고 뒷산으로 도망친다. 뒷산에 올라가 담배에 불을 붙여 담배를 태우면서, '일을 마친 후 담배 한 모금 피우는 사람들이 으레 그렇듯이 살아야겠다'고 나는 생각했다.

작품을 읽는 키워드

'아름다움美'이란 무엇인가?

아이러니의 미학

미군병사와 점령기

'아름다움美'이란 무엇인가?

이 소설은 발표되자마자 많은 평론가들로부터 최고 걸작이라는 높은 평가를 받았다. 이런 평가를 받게 된 중요한 이유 중 하나로 '아름다움美'이란 무엇인지를 '금각'을 통해 나타낸 점을 들 수 있다. 미시마 유키오라는 작가를 논할 때 '미의식'이라는 말이 빠질 수 없는데, 바로『금각사』에 미시마 '미의식'의 정수가 담겨 있다고 해도 과언이 아니다.

아버지가 그토록 아름답다고 이야기 한 금각사, 그리고 마음속으로 그 아름다움을 키워왔던 금각사를 실제로 '나'가 마주할 때의 광경을 다음과 같이 묘사하고 있다.

> 하지만 역시 로쿠온지 총문 앞에 섰을 때, 내 가슴은 두근댔다. 이제부터 이 세상에서 가장 아름다운 것을 볼 수 있다!
>
> 해는 기울어가고, 산은 안개에 뒤덮여 있다. 관광객 몇 명이 우리 부자父子 앞뒤로 그 문을 빠져나왔다. 문 왼쪽에는 꽃이 얼마 안 남은 매화나무들이 종루鐘樓를 둘러싸고 있었다.(중략)

"어때? 예쁘지? 1층은 법수원法水院, 2층은 조음동潮音洞, 3층은 구경정究竟頂이라고 한단다."

병으로 야윈 아버지의 손이 내 어깨 위에 놓여 있었다.

나는 여러 각도를 바꿔 보거나 고개를 기울여 바라보았다. 어떤 감동도 일어나지 않았다. 그것은 오래된, 거무스름하고 보잘것없는 3층 건물에 지나지 않았다. 꼭대기의 봉황도 까마귀가 앉아 있는 것으로밖에 보이지 않았다. 아름답기는커녕, 부조화스럽고 차분하지 못한 느낌마저 들었다. 아름다움이란 이렇게 아름답지 않은 것인가 하고 나는 생각했다.

이렇게 상상 속의 금각사와 실제의 금각사는 달랐고, 나에게 깊은 실망을 주었지만, '금각'의 아름다움은 다시 나를 사로잡는다.

그만큼 실망을 안겨준 금각도 야스오카安岡에 돌아온 후 매일매일 내 마음 속에 또 아름다움을 불러일으켜 언젠가는 보기 전보다도 훨씬 더 아름다운 금각이 되었다. 어디가 아름다운지 말할 수는 없었다. 몽상으로 커진 것이 일단 현실의 수정을 거쳐 도리어 몽상을 자극하게 된 것이라 생각되었다.

이와 같은 금각은 다시 전쟁의 위기 속에서 그 아름다움을 더욱 빛내게 된다.

그 여름의 금각은 차례차례 비보가 전해지는 전쟁의 어두운 상태를 먹이로 하여 한층 활기 있게 빛나고 있는 것처럼 보였다. 6월에는 이미 미군이 사이판에 상륙하였고, 연합군은 노르망디를 휘젓고 있었다. 참배객 수는 현저하게 줄어 금각은 그 고독, 그 정숙을 즐기고 있는 것처럼 보였다.

전란과 불안, 많은 시체와 흘러넘치는 피가 금각의 아름다움을 더하는 것은 당연한 것이었다. 원래 금각은 불안이 세운 건축, 한 쇼군을 중심으로 한 많은 어두운 마음을 가진 사람들이 기획한 건축이었다. 미술사가가 양식의 절충밖에 보지 못하는 3층이 다 제각각인 설계는 불안을 응축해 결정으로 만드는 양식을 찾아 자연히 그렇게 된 것임이 틀림없다. 하나의 안정된 양식으로 세워졌다면 금각은 그 불안을 포섭하지 못하고 분명히 이미 붕괴해 버렸을 것이다.

그리고 패전을 겪은 후 금각의 아름다움은 다시 새롭게 정의된다.

패전의 충격, 민족적 비애라는 것으로부터 금각은 초월해 있었다. 혹은 초월을 가장하고 있었다. 어제까지의 금각은 이렇지는 않

> 았다. 마침내 공습에 불타지 않았다는 것, 오늘 이후로는 그런 두려움이 없다는 것, 이것이 금각으로 하여금 다시 '옛날부터 자신은 여기에 있고 미래영겁 여기에 있을 것이다'라는 표정을 되찾게 한 것이다.

이토록 아름다운 금각은 이후에는 주인공 '나'를 위협하게 된다. '나'가 여자를 만날 때, 그리고 다른 중요한 일들이 있을 때마다 금각의 환영이 나타나 나를 방해한다. 이윽고 나는 금각을 향해 이렇게 외친다.

> 거의 저주에 가까운 어조로 나는 금각을 향해 태어나 처음으로 다음과 같이 거칠게 외쳤다.
>
> "언젠가 꼭 너를 지배해 버릴 것이다. 두 번 다시 나를 방해하러 오지 않도록 언젠가는 반드시 너를 내 것으로 할 거다!"

미시마 유키오의 『금각사』는 금각을 통해 '미美'의 다양한 모습을 그려내고 있다. 미는 단순히 아름답기만 한 것도 아니고, 어떤 때는 두려움과 공포, 어두움을 동반하기도 하는데, 이러한 미학적 측면을 작품 전반을 통해 훌륭하게 그려내고 있다. 그리고 독자에게 묻고 있다. 그렇다면 '금각'이 '아름다운' 이유는 무엇인가? '아름다움'이란 무엇인가?

아이러니의 미학

아이러니irony는 일반적으로 예상과는 다른 상황, 겉에 드러난 의미와 다른 의미를 가지고 효과를 극대화하는 표현법을 의미한다. 미시마 유키오는 아이러니를 유효하게 사용하던 작가였는데, 이 소설에서도 그러한 경향이 두드러진다.

『금각사』에서는 '아름다움'의 관념을 둘러싼 주인공 미조구치와 친구 가시와기의 관념으로 가득한 현란한 대화를 볼 수 있다. 하지만, 아이러니하게도 미조구치는 말더듬이*, 가시와기는 안짱다리*이다. 겉으로는 아름답지 않지만 이 둘은 '아름다움'에 관해 논한다. 그리고 아름다움에 집착할수록 자신의 마음이 왜곡되어가는 과정을 이 소설은 보여주

---

* 말더듬이, 안짱다리

일본어 원문에 미조구치는 '吃り'(말더듬이), 가시와기는 '内翻足'(안짱다리)라고 표현되어 있다. 특히 '吃り'는 차별어로 현재 방송금지용어로 지정되어 있다. 이것 말고도 '不具'(불구), '片輪'(신체 장애인) 등 현재 일본에서 사용할 수 없는 차별어, 비속어가 『금각사』에서는 사용되고 있다. 『금각사』가 발표된 1956년에는 차별어에 대한 인식이 정착되지 않았기 때문에 이러한 표현이 사용되고 있다고 볼 수 있는데, 때문에 과거 발표된 문학작품을 현대에 다시 출판할 때는 '오늘날의 관점에서 보면 차별적으로 받아들일 수 있는 어구나 표현이 있지만, 저자의 의도는 차별을 조장하기 위한 것이 아니라는 것 등을 고려해서 원본 그대로 적었다'는 등의 양해를 구하는 문구를 넣는 경우가 많다. 이렇게 현대와 다르게 사용되는 표현이나 이미지에 대한 연구는 문학연구의 주요 테마이며, 주로 '표상론(表象論)' 등의 영역에서 연구하고 있다.

고 있다.

이 뿐만이 아니다. 전쟁 중 폭격의 위험 속에 있는 금각사와 전쟁이 끝난 후 영원히 그 자리에 있을 것 같은 금각사의 비교, 관념과 실재의 대비 등 이 소설은 끊임없이 아이러니한 상황과 의미를 제시하고 있다.

이와 같은 아이러니의 표현이 어떠한 효과를 내고 있는지, 혹은 어떤 의미를 전달하고 있는지는 이 소설을 읽을 때 중요한 단서가 된다.

미군병사와 점령기

이 소설에서는 일본 패전 후 점령기의 모습이 그려져 있다.

1945년 8월 15일 패전을 맞이한 일본은 1945년 9월 2일 미주리호 선상에서 미국, 영국, 소련, 중국, 오스트레일리아 등 연합군과 항복문서에 조인하게 된다. 이후 일본은 연합군 최고사령부SCAP의 통치를 받게 되는데, 초대 연합군 최고사령부 사령관은 더글러스 맥아더 장군이었다. 이 시기 연합군의 이름으로 점령통치가 이루어졌으나 실질적으로는 미군에 의한 통치였다. 이렇게 일본이 전쟁에 패한 1945년부터 샌프란시스코 강화조약이 발효된 1952년까지의 기간을 점령기라고 한다.

점령기와 관련해서 이 소설에서는 다음과 같은 유명한 장면이 나온다. 주인공 '나'가 미군 병사와 일본인 여자에게 금각사를 안내하던 중에 두 사람이 다투는 장면이다.

내가 모르는 사이에 수청漱清 쪽으로 가던 남녀 사이에 말싸움이 일어났다. 말싸움은 점점 심해졌는데 나에게는 한 마디도 들리지 않았다. 여자도 뭔가 강한 말로 되받아치고 있었지만 그것이 영어인지 일본어인지 알 수 없었다. 두 사람은 말싸움하면서 이제 내 존재는 잊어버리고 법수원法水院 쪽으로 되돌아 왔다.

여자가 얼굴을 들이밀고 욕을 퍼붓고 있던 미군 병사의 뺨을 있는 힘껏 때렸다. 그리고 몸을 돌려 하이힐을 신고 참관로 입구 쪽으로 도망치며 달리기 시작했다.

무슨 일이 벌어졌는지 모른 채로 나도 금각을 내려와 연못가를 달렸다. 하지만 여자를 다 따라잡았을 때는 다리가 긴 미군 병사가 이미 따라붙어 여자의 새빨간 외투의 멱살을 잡고 있었다. (중략)

헤이, 하고 미군 병사가 외쳤다. 나는 돌아봤다. 다리에 힘을 주고 우뚝 서 있는 그의 모습이 눈앞에 있었다. 그가 손가락으로 나에게 신호를 보내고 있었다. 갑자기 따뜻해진 목소리로 영어로 이렇게 말했다.

"밟아. 너 밟아 봐."

무슨 일인지 나는 알 수 없었다. 하지만 그의 파란 눈은 높은 곳에서 명령하고 있었다. 그의 넓은 어깨 뒤에는 눈 덮인 금각이 빛나고 있었고, 깨끗하게 씻은 듯 한 파란 겨울 하늘이 촉촉했다. 그의 파란 눈은 조금도 잔혹하지 않았다. 그 순간 그의 눈을 세상에서 가장 서

정적이라고 느낀 것은 왜였을까.

그의 두터운 손이 내려와 목덜미를 잡고 나를 일으켰다. 하지만 명령하는 목소리는 역시 따뜻하고 부드러웠다.

"밟아. 밟는 거야."

저항하기 어려워서 나는 고무장화를 신은 발을 올렸다. 미군병사가 내 어깨를 두드렸다. 내 발은 아래로 향하며 봄철 진창 같은 부드러운 것을 밟았다. 그것은 여자의 배였다. 여자는 눈을 감고 신음했다.

"좀 더 밟아. 좀 더"

나는 밟았다. 처음에 밟았을 때의 위화감은 두 번째에는 샘솟는 기쁨으로 변했다. '이것이 여자의 배다'라고 나는 생각했다. '이것이 가슴이다'라고 생각했다. 타인의 육체가 이렇게 공처럼 솔직한 탄력으로 반응하리라고는 상상도 못했다.

이 장면에서 점령기 당시 미국과 일본의 권력관계를 파악할 수도 있고, 당시 남녀의 권력관계 표상도 읽어낼 수 있다. 또한 폭력이라는 것도 인간의 본성 중 하나라는 것을 이 소설은 말하고 있다.

작품 관련 콘텐츠

이 소설은 다음과 같이 두 차례에 걸쳐 영화화되었다.

이치가와 곤市川崑 감독 『염상炎上』 1958년

다카하시 요이치高林陽一 감독 『금각사金閣寺』 1976년

이치가와 곤 감독 〈염상〉 (1958)

금각사

참고문헌

三島由紀夫(1960),『金閣寺』, 新潮文庫.
미시마 유키오 지음·허호 옮김(2017),『금각사』, 웅진지식하우스.
허호(2010),「『금각사』론」『세계문학비교연구』32, 세계문학비교학회.
松本徹·佐藤秀明·井上隆史 編(2000),『三島由紀夫事典』, 勉誠出版.
南相旭(2008),「三島由紀夫『金閣寺』における「アメリカ」」『比較文学』50, 日本比較文学会.

모래에서 깨달은 실존

아베 고보 『모래의 여자』

아베 고보 『모래의 여자』

작가 소개

본명은 아베 기미후사安部公房. 아베 고보安部公房(1924~1993)는 1924년 도쿄에서 태어났다. 아버지 아베 아사키치安部浅吉는 만주 의대의 의사였고, 아베 고보는 아버지의 일 때문에 생후 8개월 만에 가족과 함께 만주로 건너가 어린 시절을 만주에서 보냈다. 1943년 도쿄대학 의학부

에 입학, 1948년에 졸업했으나 의사국가시험에 응시하지 않았고, 의사의 길을 걷지는 않았다. 1947년『무명시집無名詩集』을 자비출판하고, 1948년에는 자신의 첫 장편 소설『끝난 길의 이정표로終りし道の標べに』를 발표, 본격적인 작가의 길에 들어섰다. 1951년에는「벽 - S. 카르마씨의 범죄壁 - S.カルマ氏の犯罪」로 제25회 아쿠타가와상을 수상했다. 1962년에는『모래의 여자砂の女』를 발표, 1963년 요미우리문학상을 수상하였고, 이 소설이 세계 20여 국가에 번역 출판되면서 세계적 명성과 확고한 작가로서의 지위를 얻게 되었다. 소설뿐만 아니라 연극에도 관심이 많아 희곡도 다수 발표하였다. 1967년에는 희곡「친구友」로 다니자키 준이치로상을 수상했고, 1973년에는 자신이 중심이 되어 '아베고보 스튜디오'라는 연극집단을 발족시켜 본격적으로 연극활동을 시작했다. 초창기에 SF적 요소를 지닌 소설들을 다수 발표하여 일본 SF 소설의 선구자로 불리고 있고, 전위작가, 실존주의 작가로도 명성이 높다.

작품 소개

『모래의 여자砂の女』는 1962년에 신초사新潮社에서 단행본으로 출판된 장편소설이다. 1963년 제14회 요미우리문학상을 수상하였으며, 아베 고보의 대표작이자 일본근대문학을 대표하는 작품으로 정평이 나 있다. 일본뿐만 아니라 해외에서의 평가도 높아 아베 고보가 세계적인

작가로 발돋움하게 된 계기가 된 작품이다. 1968년에는 프랑스 최우수외국문학상을 수상하였다.

『모래의 여자』는 1964년 발표된 『타인의 얼굴他人の顔』, 1967년 발표된 『불타버린 지도燃えつきた地図』와 함께 '실종3부작'으로 불린다. 『타인의 얼굴』은 화학연구소의 사고로 얼굴에 큰 화상을 입은 주인공 남자가 정교한 가면을 제작하여 쓰고 타인처럼 행동하며 자신의 부인을 유혹한다는 이야기이다. 『불타버린 지도』는 어느 부인의 의뢰로 한 탐정이 실종된 남편의 수색을 시작하지만, 얼마 되지 않은 단서도 차례차례 뒤집혀지면서 본인 스스로도 기억과 존재에 확신을 가지지 못하게 되는 과정을 그린 소설이다. '실종3부작'은 모두 '실종'을 소재로 인간의 '존재'에 대한 이야기를 하고 있다.

『모래의 여자』의 줄거리는 다음과 같다.

8월의 어느 날 학교 선생님을 하고 있는 한 남자(니키 준페이)가 휴가를 내고 곤충채집을 위해 해안가의 사구沙丘 마을에 갔다가 행방불명이 된다. 실종신고를 하고 신문광고를 해도 모두 헛수고였고, 행방불명이 될 만한 이유도 찾지 못했다. 실종 후 7년이 지나 그가 행방불명이 된 이유를 아무도 모른 채 민법 30조에 의해 사망 처리되고 말았다. 그 내막은 바로 이렇다.

곤충채집이 취미인 이 남자는 새로운 종을 발견하여 자기 이름을 남기기 위해 모래땅을 찾아 사구 마을로 간다. 이 남자의 목표는 딱

정벌레목 길앞잡이속 좀길앞잡이 종류이다. 그는 좀길앞잡이를 찾기 위해 한나절 모래땅을 걸어다녔지만 원하는 곤충을 찾을 수 없었다. 날이 저물 무렵 한 노인으로부터 묵을 곳을 소개해 준다는 이야기를 듣고 조합사무실로 가 숙소를 소개 받았는데, 그곳은 새끼줄로 만든 사다리가 있어야 겨우 내려갈 수 있는 모래 구덩이 속 허름한 판잣집이었고, 그곳에는 30 전후의 여자가 있었다. 사구 마을은 끊임없이 모래를 품은 바람이 불어와 식사를 할 때도 우산을 받치고 먹어야 한다. 끊임없이 모래바람이 불어와 입안과 셔츠는 모래로 꺼끌꺼끌하다. 더운 여름이라 모래가 땀에 엉겨 붙어 불쾌함은 이루 말할 수 없다. 하지만 하루 정도 시골 마을을 체험한다는 생각에 남자는 긍정적으로 생각하기로 한다. 그러나 하룻밤을 지낸 다음날 아침 일어나보니 새끼줄 사다리는 어디론가 치워지고 없어졌다. 이윽고 남자는 마을 사람들이 자신을 속여 감금했다는 것을 알게 되는데, 이는 모래를 채취하여 팔고, 또 모래벽이 쌓여 무너지는 것을 방지하기 위해 마을의 노동력을 확보하려는 술수였다. 알고 보니 정성껏 음식을 대접하고 친절하게 대해 주었던 모래구덩이 속 판잣집 여자도 마을 사람들과 한통속이었다. 절망에 빠진 남자는 어떻게 해서든 그곳을 탈출하려고 노력한다. 처음에는 높은 모래벽을 아래에서부터 파내려가면서 모래벽을 무너뜨리는 계획으로 탈출을 시도했으나, 무너진 모래벽이 덮쳐와 기절하면서 남자의 계획은 실패하게 된다.

첫 번째 탈출 시도가 실패한 후 여자의 간호를 받으면서 누워

있던 남자는 꾀병을 부려 마을이 원하는 노동력을 제공하지 않으면서, 외부로부터의 도움을 기다리는 작전으로 계획을 변경한다. 하지만 이 작전도 여의치 않았다. 시간이 흐를수록 남자는 초초해졌다. 게다가 이 남자는 휴가를 떠날 때 반 장난으로 동료 선생에게 혼자 떠난다는 내용의 부치지 못한 편지를 하숙집 책상 위에 놓고 왔다. 따라서 사람들은 단시간 내에 나를 수색하지는 않을 것이다. 결국 다시 작전을 변경해 여자를 포박한 다음 마을 사람들과 협상을 하기로 했다. 여자를 포박해 놓고 모래를 퍼내는 노동을 하지 않는다면 모래는 계속 쌓여 모래가 사구 마을을 덮치게 될 것이다. 하지만 마을 사람들은 협상에 응하지 않았고, 마을 사람들에게 물을 배급받아 살아가고 있는 상황에서 찌는 더위에 물이 없는 생활은 오래 지속될 수 없었다. 결국 남자는 마을 사람들에게 항복하고 물을 배급받게 된다.

계속 탈출 시도가 실패하자 남자는 평범함을 가장하면서 마을 사람들이 요구하는 모래 파내기 노동을 한다. 이 생활에 적응된 것처럼 행동하면서 몰래 주변의 이것저것을 연결하여 탈출을 위한 로프를 만들기로 한다. 계획을 세운 지 나흘 만에 탈출을 시도할 만한 로프가 만들어졌고, 여자를 깊은 잠에 빠지게 한 다음 지붕에 올라가 로프를 던졌다. 십 수 차례 실패 후 겨우 로프 끝에 매단 가위가 모래벽 위 가마니에 박혀 올라갈 수 있게 되었다. 남자는 로프를 타고 드디어 모래 구덩이 판잣집을 탈출하였으나 결국 길을 잃고 추격해온 마을 사람들에게 또다시 잡히고 만다.

참담한 심정으로 남자는 모래 구덩이 판잣집으로 다시 돌아왔다. 어느덧 10월이 되었다. 남자는 까마귀를 잡으려고 뒤켠 공터에 덫을 만들어 놓았다. 덫 이름은 '희망'이라고 지었다. 사실은 까마귀를 잡아 까마귀 다리에 편지를 매달아 날려 보내려는 작전이다. 여자는 라디오를 사고 싶어 구슬 꿰는 부업에 열심이다. 남자는 모래 구덩이 속 삶에 익숙해진 듯 했다. 위문품으로 배급된 엉터리 만화를 읽고 자지러지게 웃기도 한다. 수 주일이 지나도 까마귀를 잡기 위해 놓은 덫에는 까마귀가 얼씬도 하지 않는다. 덫을 점검하기 위해 살펴보니 놀랍게도 모래 속에 묻어 놓은 통 안에 물이 고여 있었다. 남자는 흥분한 마음으로 이 물 저장溜水 장치를 연구하기 시작했다. 통을 묻는 위치, 일조 시간, 기온과 기압 등을 매일매일 기록해 나갔다. 또 여자의 부업도 적극적으로 도왔다.

겨울이 지나고 봄이 왔다. 3월에 드디어 라디오를 샀다. 여자는 기쁜 마음에 내내 라디오 다이얼을 돌렸다. 3월말에는 여자가 임신을 하였다. 그리도 또 두 달이 지난 후 여자는 하혈을 하고 마을 병원에 가게 되었다. 그 때 반년 만에 모래 구덩이 속 판잣집에 새끼줄 사다리가 내려왔는데, 삼륜차가 여자를 병원으로 싣고 간 후에도 새끼줄 사다리는 그대로 있었다. 탈출할 수 있는 절호의 기회를 맞이했다. 남자는 새끼줄을 타고 모래벽을 올라왔다. 하지만 이제까지 비밀로 하고 있던 물 저장 장치에 대해 누군가에게 말하고 싶어 견딜 수가 없다. 그는 물 저장 장치에 대해 부락 사람들에게 자랑할 것을 생각하며 탈출을 망설인다.

작품을 읽는 키워드

실존주의

뫼비우스의 띠

열린 결말

실존주의

실존주의*는 본질의 문제를 버리고 인간의 실존을 중시하는 사상으로 19세기 유럽에서 시작되어, 제1차 세계대전 후 일본에 소개되었다. 그리고 전후 일본문학에 크게 영향을 끼쳐 1950년대, 1960년대는 실존주의를 통한 인간응시의 경향이 일본 문단에서 크게 유행했다. 실존주의 문학의 일반적인 특징은 부조리한 한계 상황에서의 인간 존재를 그려내는 것인데, 『모래의 여자』는 이러한 특징이 여실히 드러나 있어 대표적인 실존주의 문학으로 평가받고 있다.

* 실존주의

실존주의는 현실적 세계의 상황 속에 개별적으로 존재하는 현실존재의 파악을 중심과제로 하는 철학사상이다. 눈에 보이지 않는 본질이나 이념, 원리보다 구체적인 것으로 존재하는 것을 중시한다. 19세기 유럽에서 합리주의 관념론이나 실증주의에 반대하면서 나타나기 시작했고, 개인으로서의 인간의 주체적 존재성을 강조하고, 죽음, 절망, 불안, 허무 등 부조리한 상황에서 자유로운 주체성으로 돌아갈 것을 주장하는 것이 일반적인 특징이다. 대표적인 실존주의 철학자로는 키르케고르, 사르트르 등이 있고, 실존주의 철학을 구현한 대표적인 문학작품으로는 사르트르의「구토」(1938)를 들 수 있다.

먼저 주인공 남자가 자신의 의사에 반하여 사구 마을 모래구덩이 속에 갇혀 모래를 채취하는 노동을 제공해야만 하는 상황이 부조리한 한계 상황을 보여준다. 이렇게 어처구니없는 상황을 맞이하여 남자는 끊임없이 탈출을 시도한다. 하지만 수차례 탈출에 실패하자 남자는 크나큰 좌절을 맛보고 실의에 빠지게 된다. 이러한 상황에서 남자는 실재하는 감각으로 자신의 존재를 확인한다.

> 남자는 가만히 한숨을 내쉬고 뒤척거리다가 기대하는 마음으로 몸에 힘을 주면서 기다리고 있다.…… 조금 후에 여자가 물을 넣은 대야를 가지고 몸을 닦으러 올 거다. 모래와 땀으로 부어오른 피부는 이제 염증을 일으키기 직전이었다. 차갑게 젖은 수건을 생각하는 것만으로 몸이 움츠러들었다. (중략)
>
> 땀과 모래에 범벅이 되어 질식할 것 같았던 피부가 곧바로 시원하게 되살아났다.

처음 탈출에 실패하고 앓아 누워있던 상황에서 남자의 생각을 표현한 부분이다. 좌절감에 빠져 있고, 모래와 땀으로 범벅이 되어 괴로운 상황이지만, 물수건으로 몸을 닦아주는 시원한 감각에 한숨을 되돌리는 장면이다. 남자는 이렇게 '지금 여기'에 실재하는 감각으로 자신의 존재를 확인하게 되는데, 이러한 생활이 지속되면서 모래 구덩이 속 감금

상태임에도 불구하고 현실에 적응하고 살아가게 된다.

남자가 반복되는 모래와의 사투와 일과가 되어버린 수작업에 일종의 작은 충족감을 느낀다고 해도 반드시 자학적이라고만 말할 수는 없다. 그런 쾌유의 방법이 있다고 해도 그다지 이상한 것은 아니다.

하지만 어느 날 아침 정기적으로 오는 배급품과 함께 만화잡지가 위문품으로 들어왔다. 잡지 자체는 그다지 대단한 것도 아니다. 표지는 찢어졌고, 손때를 타 너덜너덜해진, 아마 폐품가게에서 사온 것이 분명한 물건으로 불결하다는 점을 빼면 뭐 그럭저럭 부락 사람들이 생각해 낸 정성을 다한 위문품이라고 해도 될 것이다. 문제는 그것을 읽고 위경련을 일으킬 정도로 몸을 뒤틀며 다다미를 때려가며 자지러지게 웃어버렸다는 점이다.

바보 같은 만화였다. 뭐가 웃긴지 설명을 해달라고 해도 대답할 수 없을 정도로 무의미하고 조악하게 그저 막 그린 그림이었다. 그저 덩치 큰 남자를 태우다가 다리가 부러져 넘어진 말의 표정이 까닭 없이 웃겼을 뿐이다. 이런 상황에 있으면서도 잘도 그렇게 웃을 수 있다니. 부끄러움을 알아야 한다. 현상에 익숙해지는 것도 정도가 있는 거다. 그건 어디까지나 수단이고 목적은 아니다. 동면이라니 듣기는 좋아도 아무래도 두더지가 되어 평생 햇빛에 얼굴을 내밀 생각이 없어진 것 아닌가.

위문품으로 받은 엉터리 만화를 보고 웃게 되는 장면에서 남자는 현실에 적응해 버린 자신을 발견하고 분노하게 된다. 모래 구덩이 속에서 감금되어 있는 상태에서 아무 생각 없이 웃고 있는 모습이라니……. 남자는 교사를 하고 있는 지식인이고 좀 더 가치 있는 일을 하며 살아가는 존재라 믿고 있었는데, 현재 감금 상태에서 단순히 모래를 퍼내는 작업을 반복하고 있을 뿐이다. 지금은 탈출을 위해 숨을 고르고 있는 상황일 뿐인데, 하지만 이 익숙함과 만족감은 무엇일까? 이 남자는 이후 사구 마을에서 권력이 될 수 있는 물 저장 장치를 발견하게 되고, 두근거리는 마음과 흥분을 감추지 못한다. 사구 바깥으로 나가면 하루에 4리터의 물이 생기는 그깟 물 저장 장치는 아무것도 아니지만 사구 마을 생활에 익숙해진 남자는 물 저장 장치에 대해 이야기하고 싶어 견딜 수가 없다. 마지막 탈출의 기회가 생겨 모래벽 위를 타고 올라갔는데도 물 저장 장치가 마음에 걸려 '도망칠 방도는 다음에 생각해도 된다'고 생각하게 된다. 이 소설은 부조리한 한계상황을 배경으로 '존재란 무엇인가?', '삶은 무엇인가?'하는 철학적 질문을 독자들에게 던지고 있다.

뫼비우스의 띠

뫼비우스의 띠는 긴 띠의 한 쪽을 180도 비틀어 반대쪽에 붙여 만든 형태를 의미하는 것으로 독일의 수학자 아우구스트 페르디난트 뫼비우스(1790-1868)의 이름을 딴 것이다. 뫼비우스의 띠는 한 쪽 면을 죽

따라가면 한 바퀴 돈 시점에서 정확히 반대편 면에 도달하게 되고, 다시 한 바퀴 돌면 원래 출발점으로 돌아오는 성질을 가지고 있다. 따라서 문학에서는 무한대로 반복되는 것, 혹은 반대 성질을 가지고 있는 것이 알고 보면 서로 연결되어 있음을 드러낼 때 비유적으로 사용한다.

『모래의 여자』에서는 '뫼비우스의 띠'라는 별명으로 불리는 주인공 남자의 동료 교사가 등장한다.

> 그는 그 남자에게만은 일단 신뢰를 보내고 있었다. 항상 얼굴을 막 씻은 것 같은, 붓고 푸석푸석한 눈을 하고 있는, 교사 노조 운동에 열심인 남자였다. 좀처럼 보인 적 없는 본심을 진지하게 털어놓은 적도 있었다.
>
> "어떤가요?…… 저는, 인생에 기댈 곳이 있다고 하는 교육 방식에는 진심으로 의문을 품고 있어요.……"
>
> "무슨 말씀인가요? 그 기댈 곳이라는 것은?"
>
> "다시 말해 없는 것을 말이죠, 있는 것처럼 생각하게 만드는, 환상 교육을 말하는 거에요.…… 그러니까, 그 모래가 고체이면서 유체역학적 성질을 띠고 있는 거처럼 말이죠. 그런 점에서 매우 흥미를 느끼고 있습니다만……"
>
> 상대는 당황하면서, 연약해 보이는 고양이처럼 굽은 등을 한층 더 앞으로 굽혔다. 표정은 여전히 그대로였다. 별로 싫어하는 기색은

없었다. 누군가가 그를 뫼비우스의 띠 같다고 평한 적이 있다. 뫼비우스의 띠는 한번 비튼 종이테이프의 양 끝을 둥그렇게 붙인 것으로 즉 뒷면도 겉면도 없는 공간을 말한다. 교사 노조 활동과 사생활이 뫼비우스의 띠와 같이 연결되어 있다는 정도의 의미일까. 비꼼과 동시에 조금은 칭찬의 의미도 포함되어 있다고 생각한다.

'뫼비우스의 띠'라 불리는 동료 교사는 교사 노조 활동과 사생활이 연결되어 있는 것 같은 정의감 넘치는 인물로 묘사되고 있다. 그리고 단순히 여기에 그치는 것이 아니라 더 나아가 양면성을 지니고 있는 인물로도 그려진다. 정의를 위해 교사 노조 활동을 하지만, 동료 교사인 주인공이 휴가를 떠나게 되자 '뫼비우스의 띠' 답지 않게 다른 동료교사들과 마찬가지로 노골적인 질투를 드러낸다. 결혼에 대해 이야기할 때도 결혼은 집을 증축하기 위해 하는 거라며 이유도 없이 분개하기도 한다. 이렇게 복잡한 내면을 가지고 있는 동료 교사의 존재를 표현할 때 '뫼비우스의 띠' 이상의 표현은 없는 것처럼 보인다.

『모래의 여자』에는 양면성(다면성)을 띠면서도 사실은 연결되어 있는 복잡한 세상의 이치, 그리고 인간이라는 존재에 대해 이야기하고 있다. 이 소설의 대표적인 이미지인 '모래'에 대해서도, 주인공 남자는 일 년 365일 내내 움직이는 유동성을 가지고 있어, 생명체도 살 수 없고 세균도 살 수 없는 청결한 이미지로 인식하고 있었지만, 모래 구덩이 속 판잣집에서 알게 된 모래는 땀에 엉겨 붙어 불쾌함을 주고, 축축하게 물기를 머금어 목재를 썩게 하는 모래였다.

또한 사구 마을 사람들은 주인공 남자를 감금하고 겁박하는 존재이지만, 시야를 확대해 보면 고도경제성장기 일본의 경제적 혜택에서 소외되어 한계적 상황에 내몰린 시골 마을의 피해자들이기도 하다. 사구 마을 사람들은 생존을 위해 품질이 좋지 않은 모래를 싼값에 내다 팔고 있는 것이다.

주인공 남자 또한 끊임없이 다면적인 자신의 내면을 마주하게 된다. 탈출을 강렬하게 원하지만, 어느 순간 모래 구덩이 속 삶에 적응해 가고 더 나아가 만족하고 있는 자신을 발견한다. 존재 이유를 사상과 관념에서 찾으려고 하다가도 실재하는 육체와 피부의 말초적 감각으로 스스로의 존재를 발견하기도 한다. 세상의 이치는 단순하지 않으며, 앞면과 뒷면이 모호한 뫼비우스의 띠처럼 복잡한 것이라는 것을 이 소설은 말하고 있다.

열린 결말

이 소설의 마지막은 다음과 같이 끝난다.

특별히 서둘러 도망갈 필요는 없다. 지금 그의 손 안에 있는 왕복 티켓에는 행선지도 돌아갈 장소도 본인이 자유롭게 써 넣을 수 있는 여백으로 비어 있다. 게다가 생각해 보니 그의 마음은 물 저장 장치에 대해 누군가에게 말하고 싶다는 욕망으로 터질 것 같다. 만약에 이야기한다면 여기 부락 사람들 이상의 청중은 더 이상 없을 것이다. 오늘 아니면 아마 내일, 남자는 누군가에게 물 저장 장치에 대해 말하고 있을 것이다.

도망칠 방도는 그 다음날 생각하면 된다.

천신만고 끝에 겨우 탈출의 기회를 잡았는데 남자는 탈출을 망설인다. 물 저장 장치에 대해 아직 누구에게도 말하지 않았기 때문이다. 이 마지막 문장 다음에는 '실종 신고에 관한 최고장'과 '판결' 문서가 나온다. '실종 신고에 관한 최고장'에는 '니키 준페이에 대한 실종신고가 있었으므로 부재자는 1962년 9월 21일까지 가정재판소에 생존 신고를 해 주시기 바랍니다. 신고가 없는 경우에는 실종 선고를 받게 됩니다. 또 부재자의 생사를 알고 있는 분은 위의 기일까지 그 내용을 가정재판소에 신고하여 주시기 바랍니다'는 내용이 적혀 있다. 그리고 '판결' 문서에는 '상기 부재자에 대한 실종선고 신청 사건에 대해 공시 최고 수속을 한 결과 부재자는 1955년 8월 18일 이후 7년 이상 생사를 알 수 없다고 인정되므로 다음과 같이 판결함. 니키 준페이를 실종자로 함'이라고 적혀 있다.

소설 마지막 부분에서 물 저장 장치에 대해 말하고 싶어 탈출을 앞두고 갈등하고 있는 것은 실종된 다음 해(1956년) 5월의 일이므로, 결국 니키 준페이는 집으로 돌아가지 않았다는 이야기가 된다. 1962년 9월 21일까지 실종자로 남아 있게 된 것인데 과연 니키 준페이는 탈출을 앞두고 어떤 결정을 내렸을까?

작품 관련 콘텐츠

영화 <모래의 여자>는 아베 고보 자신이 직접 각본을 쓰고, 데시가하라 히로시勅使河原宏가 감독을 맡아 1964년에 제작, 개봉되었다. 데시가하라 히로시 감독은 <모래의 여자> 이외에도 아베 고보와 짝을 이루어 <함정落とし穴>(1962), <타인의 얼굴>(1966), <불타버린 지도>(1968) 등의 아베 고보 원작 소설을 영화로 제작하였다. 아베 고보의 작품 세계를 가장 잘 이해한 감독으로 알려져 있고, 영화도 원작을 최대한 반영한 형식으로 제작되었다.

영화 <모래의 여자>는 일본 국내에서 1964년 기네마준포キネマ旬報 베스트원 작품상, 감독상, 블루리본상ブルーリボン賞 작품상, 감독상, 마이니치영화 콩쿠르毎日映画コンクール 작품상, 감독상 등을 수상하였고, 해외에서 제17회 칸국제영화제 심사위원특별상, 샌프란시스코영화제 외국영화부문 은상 등을 수상하며 일본뿐만 아니라 해외에서도 높은 평가를 받았다.

참고문헌

安部公房(1981),『砂の女』, 新潮文庫.
아베 고보 지음·김난주 옮김(2001),『모래의 여자』, 민음사.
윌 버킹엄 외 공저, 이경희·박유진·이시은 공역(2011),『철학의 책』, 지식갤러리.
友田義行(2006),「風景と身体ー安部公房/勅使河原宏映画「砂の女」論」『日本近代文学』74, 日本近代文学会

순문학

03

군조신인문학상

군조신인문학상은 고단샤講談社가 간행하는 문예지 『군조群像』가 1958년부터 순문학 공모를 통해 시상하는 권위있는 신인문학상이다. 2014년까지는 소설부문과 평론부분으로 나뉘어 있었지만 2015년부터는 소설만을 그 대상으로 하며 평론은 군조신인평론상으로 분리해 시상하고 있다. 원고분량은 400자 원고지 70매 이상 250매 이내이고 상금은 50만엔이며 우수한 작품이 없을 경우에는 당선작을 선정하지 않는다.

주요 수상작으로는 이회성李恢成의 『또 다시 이 길에またふたたびの道』, 무라카미 류村上龍의 『한없이 투명에 가까운 블루限りなく透明に近いブルー』, 무라타 사야카村田沙耶香의 『수유授乳』 등이 있다.

무라카미 하루키村上春樹	『바람의 노래를 들어라風の歌を聴け』(1979)

상실의 시대는 시작되었다.
무라카미 하루키『바람의 노래를 들어라』

무라카미 하루키『바람의 노래를 들어라』

작가 소개

교토京都 출신의 무라카미 하루키는 일본을 대표하는 세계적인 베스트셀러 작가이다. 와세다早稲田대학을 나와 카페를 운영하며 작품 집필을 병행하다 1979년『바람의 노래를 들어라風の歌を聴け』로 제22회 군조群像신인문학상을 받았다. 신인상을 받은 뒤 무라카미 하루키가 고단샤

講談社에 방문했을 때 편집국의 높은 분에게 낯선 글쓰기에 대한 문제제기를 받았던 에피소드는 유명하다. 『바람의 노래를 들어라』는 제81회 아쿠타가와상 후보에도 올라 그 작품성을 인정받기도 했다. 『양을 쫓는 모험羊をめぐる冒険』(1982)으로 노마문예신인상野間文芸新人賞 등 다양한 작품들로 수많은 문학상을 수상했으며 현재까지도 사랑받고 있는 『노르웨이의 숲ノルウェイの森』*의 메가 히트로 국민작가로 발돋움하였다. 2005년에는 『해변의 카프카Kafka on the Shore』가 아시아 작가의 번역서로는 처음으로 <뉴욕 타임즈> 올해의 책으로 선정되었으며 2009년 『1Q84』의 인기로 제2의 전성기를 맞이하였다.

작품 소개

『바람의 노래를 들어라』는 무라카미 하루키의 데뷔작으로 그의 문학의 원점을 탐구해볼 수 있는 작품이다. 『바람의 노래를 들어라』는 1979년 6월 『군조』에 발표, 1979년 7월 고단샤에서 단행본으로 출간하였다. 당시 미국문학의 영향이 농후한 번역문학과도 같은 작품이라는 비판도 있었으나, 1980년대 포스트모더니즘을 한발 앞서 구현했다는 평가를

* 『노르웨이의 숲』
비틀즈의 노래가사에서 제목을 따온 것으로 알려진 이 작품은 한국에서 『상실의 시대』라는 제목으로 번역 출간되어 큰 흥행을 거두었다.

받았다.

이 작품은 1970년 8월8일에 시작하여 8월 26일까지 18일간의 이야기를 그리고 있다. 글에 대해 많은 것을 데릭 하트필드*에게 배운 '나'는 1978년에 그저 문득 쓰고 싶어져서 1970년 대학생 시절의 어느 여름방학의 이야기를 쓰기 시작한다.

1970년 '나'는 여름방학을 맞이해서 고향의 항구마을로 돌아왔다. 주요 등장인물은 '나'와 '쥐', 그리고 '손가락이 하나 없는 여인'이다.

'나'는 고향에 돌아와 딱히 하는 일 없이 제이가 운영하는 바에서 '쥐'와 함께 맥주를 마시며 지낸다. '쥐'의 아버지는 대단히 가난했지만 제2차 세계대전 때 화학약품 공장으로 돈을 벌고 전쟁이 끝난 뒤에는 영양제를, 그리고 세제를 팔아 대단한 부자가 되었다. '쥐'는 자신이 부자인 것을 구역질 날 정도로 증오한다. '쥐'의 원래 꿈은 비행기 조종사이지만 눈이 나빠지면서 포기하고 지금은 소설을 쓰고 싶어한다.

어느 날 제이스바의 화장실에 쓰러져 있던 여자를 만나게 되는데 십대 후반쯤 되어 보이는 이 여인은 왼쪽 새끼손가락이 없다. '나'는 취한 그녀의 가방을 뒤져 주소를 알아내 집까지 바래다주고 취해 있는 그

* 데릭 하트필드

『바람의 노래를 들어라』에서는 그에 관한 이야기와 작품이 여러 번 등장한다. 나중에 '나'는 그의 무덤에까지 찾아가기도 하는데 이 인물은 실은 무라카미 하루키가 만들어낸 가공의 인물이다.

녀 곁에서 하룻밤을 같이 보내게 되지만 깊은 관계가 되지는 않는다. 뒷날을 기약하지 않고 헤어졌지만 우연히 레코드 가게에서 일하는 그녀를 발견하게 되고, '나'는 고향에 머무르는 동안 그녀와 제이스바에서 맥주를 마시거나 같이 식사를 하며 적당한 거리를 두고 지낼 뿐이다. 여행을 간다며 자취를 감추었던 그녀는 일주일 뒤 나타나 낙태수술을 받았다고 이야기한다.

> "내가 죽고 나서 백년 쯤 지나면 어느 누구도 내 존재 같은 건 기억 못하겠지?"
>
> "그렇겠지."

그녀와 작별인사를 하지 않고 고향을 떠났던 내가 겨울에 다시 돌아왔을 때 새끼손가락이 없는 여자는 레코드 가게를 그만두고 떠나버린 뒤였다. 시간이 흘러 '나'는 스물아홉살이 되었고 '쥐'는 서른살이 되었다. 제이스바는 개축하여 멋진 술집으로 변했다.

> 모든 것은 스쳐 지나간다. 누구도 그것을 붙잡을 수는 없다.
>
> 우리는 그렇게 살아가고 있다.

작품을 읽는 키워드

바람의 노래
'나'가 '나'에게
상실의 시대

바람의 노래

이 작품에서 바람의 이야기를 들을 수 있는 부분은 바로 데릭 하트필드의 작품으로 소개되고 있는 『화성의 우물火星の井戸』이다. 물론 데릭 하트필드가 가공의 인물이기 때문에 이 작품은 존재하지 않는다. 『화성의 우물』은 화성의 지표면에 파인 우물에 내려간 청년의 경험담이다. 이 우물은 옛날에 화성인이 파놓은 것이 분명하지만 수맥을 벗어나 파여있어서 왜 팠는지 아무도 알 수 없는 우물이다. 청년은 우주의 광대함에 지루함을 느껴 아무도 모르게 죽으려고 우물로 내려갔는데 오히려 내려갈수록 기분이 좋아졌다. 우물 속을 걷고 또 걷다보니 지상으로 나오게 되었고 여기서 바람의 이야기를 듣게 된다.

"나한테 신경쓰지 않아도 돼. 그냥 바람이니까. 만일 당신이 그렇게 부르고 싶으면 화성인이라고 불러도 돼. 나쁜 여운은 아니니까. 원래 말 같은 건 나에게는 의미가 없지만"

"그렇지만 말하고 있잖아."

"내가? 말하고 있는 건 당신이지. 나는 당신의 마음에 힌트를 주고 있을 뿐이야."

"즉 우리들은 시간의 사이를 방황하고 있는 거야. 우주의 탄생부터 죽음까지를. 그래서 우리들에게는 삶도 없고 죽음도 없어. 바람이야."

바람은 청년에게 말을 하고 있으면서도 오히려 말하고 있는 것은 청년이라고 이야기한다. 바람은 청년의 마음에 힌트를 주는 존재, 즉 청년의 마음에 따라 바람의 이야기는 달라지는 것이다. 청년의 마음 밖에 존재하는 모든 것은 변해가고, 그도 변해간다. 한순간도 같을 수 없는 우리의 삶, 모든 것이 생겨나고 스러져간다. 이 모든 것이 흘러가는 바람일 뿐인 것이다.

'나'가 '나'에게

이 작품은 1979년 6월 『군조』에 발표된 것에 '하트필드, 다시…(후기를 대신하여)'를 삽입하여 7월 고단샤에서 단행본으로 출간되었다. 즉 단행본과 잡지발표본이 다른 것이다.

'하트필드, 다시…(후기를 대신하여)'의 내용은 데릭 하트필드의 무덤을 찾아가는 무라카미 하루키의 이야기이다. 이 후기에 존재하는 무라카미 하루키는 현실의 작가 무라카미 하루키가 아닌 데릭 하트필드와 같은 시공간에 존재하는 가공의 무라카미 하루키라고 할 수 있다. 이 후기는 1979년 5월에 작성한 것으로 기록되어 있다.

29살이 된 '나'가 갓 20살이 지났을 무렵의 '나'의 이야기를 회상하면서 쓰는 이 소설은 여러 층위에서 존재하는 '나'를 발견하게 된다. 이 소설은 4가지 층위의 무라카미 하루키를 이야기할 수 있는데 대학생 '나'와 그 기억을 서술하는 29살의 '나', 덧붙인 후기에 존재하는 '나', 그리고 실제 작가 무라카미 하루키 '나'이다. 29살의 '나'는 기억 속에 뒤죽박죽 섞여있는 대학생 '나'의 파편들을 나열하고 이러한 글쓰기의 최종 편집자는 후기에 등장하는 무라카미 하루키라고 할 수 있다. 우리는 작품 속에서 과거와 현재를 오가며 여러 층위의 무라카미 하루키와 접촉한다. 이러한 읽기는 작품 속 라디오 방송의 ON/OFF*를 통해서도 알 수 있는데 단절되고 비약된 파편들을 연결하고 비어있는 공백을 매워가며 독자인 '나'는

* 라디오 방송의 ON/OFF
전통적인 독서기법은 시간축에 따라 연속적으로 변화하는 텍스트를 연속적인 시간의 개념으로 받아들이는 것이었다. 그런데 마에다 아이(前田愛)는 『바람의 노래를 들어라』를 "불연속적인 시간이 모지이크 모양으로 연결되이 있는 TV 프로그램을 시청하듯이 읽는 것이 가장 자연스러운 독서법일지도 모른다"고 주장한다. 즉, 우리가 TV를 시청할 때 중간의 광고를 인지하여 시청중인 작품이 중단되었다고 생각하지 않는 것처럼 이 작품에서 라디오가 중간 중간 on, off되는 것도 디지털 텍스트로 수용할 수 있다는 주장이다.

작품 속에 빠져드는 것이다.

상실의 시대

대학생 '나'가 등장하는 이 작품의 배경 시기는 안보투쟁*이 끝나고 1969년 전공투**가 강제해산 되면서 학생운동의 기세가 사라진 시기이다. 급속한 경제성장으로 인해 경제적 풍요로움은 얻었지만 사상을 포기하고 젊은이들은 소비와 오락을 추구하는 시대로 진입하였다. 무라카미 하루키가 작품의 시간을 전공투 투쟁의 패배감이 짙은 1970년대 초반으로 설정한 것은 시사하는 바가 크다. 열정이 사라진 젊음, 공허한 시간, 현실과 이상의 괴리, 침묵할 수밖에 없는 시간.

'나'는 손가락이 네 개인 여인과 대화하며 기동대원에게 맞아 부러진 앞니 자국을 보여준다. 복수하고 싶지 않냐는 여인의 질문에 다음과 같이 대답한다.

* 안보투쟁

1959~1960년에 일어난 미국주도의 냉전에 가담하는 '미일안전보장조약' 개정에 반대하는 사상 최대의 대규모 시민운동을 말한다.

** 전공투

본서의 16쪽을 참조바란다.

"나는 나고 게다가 이제 다 끝난 일이야. 첫째 기동대원 모두 비슷한 얼굴을 하고 있으니까 찾아내는 건 도저히 힘들어."

"그럼 의미 같은 거 없는 거 아냐?"

"의미?"

"이까지 부러진 의미 말이야."

"없지."하고 나는 말했다.

학생운동이 실패로 끝나고 모두 자신의 자리로 결국 돌아가 버렸고 투쟁의 의미는 남지 않았다. 제자리로 돌아간 듯 하지만 전혀 달라진 나의 위치, 상황. 그가 글을 쓸 수밖에 없었던 이유는 바로 이러한 시간이 그를 엄습했기 때문이리라.

지금, 나는 말하려고 한다.

물론 문제는 무엇 하나 해결되지 않고 있고 이야기를 끝낸 시점에도 혹은 사태는 완전히 같을지도 모른다. 결국 문장을 쓴다는 것은 자기 요양의 수단이 아니라 자기 요양을 위한 조촐한 시도에 지나지 않기 때문이다.

무라카미 하루키는 고도경제성장기를 배경으로 청춘의 허무와 상실을 그리며 현대사회에 소외되는 개인의 문제를 드러냈다. 이러한 문제제기는 비단 일본에 국한된 것만이 아닌 현대를 살아가는 젊은이들이 공감할 수 있는 보편적인 문제일 것이다. 가벼운 터치로 그려내는 청춘의 무거운 공허감, 그러나 절망으로 멈추지 않고 다시금 일어서려는 가벼운 기지개. 이것이 무라카미 하루키 문학의 원점이라고 할 수 있을 것이다.

참고문헌

村上春樹(1979),『風の歌を聴け』, 講談社.

무라카미 하루키 지음·윤성원 옮김(2004),『바람의 노래를 들어라』, 문학사상사.

김영옥(2005.8),「무라카미 하루키(村上春樹) 소설의 시대성 -『바람의 노래를 들어라』를 중심으로」『외국문학연구』20, 한국외국어대 외국문학연구소.

한광수(2000),「무라카미 하루키(村上春樹)의『바람의 노래를 들어라(風の歌を聴け)』론」『人文科學論集』20, 청주대 인문과학연구소.

高橋敏夫(1998),「死と終りと距離と一『風の歌を聴け』」『国文学 解釈と教材の研究』43-3 臨增, 學燈社.

04

무라사키시키부문학상

일본의 교토 부府 우지宇治 시의 교육위원회가 주최하는 문학상으로, 이 지역과 관련이 깊은 『겐지모노가타리源氏物語』의 작자 무라사키 시키부紫式部의 이름을 따서 제정했다. 상 이름만 보면 고전풍의 작품을 대상으로 생각하기 쉬운데, 꼭 그렇지는 않다. 여성 작가에 의한 일본어 문예작품, 문학연구를 대상으로 하며, 순문학에서 추리소설 같은 대중문학에 이르기까지 여성적인 감성이 잘 표현된 작품을 선정하여 상을 수여하고 있다. 1991년에 1회 수상작을 낸 이래 현재까지 연 1회 수여하고 있다.

주요 수상작에 에쿠니 가오리江國香織의 『반짝반짝 빛나는きらきらひかる』(1992), 요시모토 바나나吉本ばなな의 『아무리타アムリタ』(1995), 가와카미 히로미川上弘美의 『신神様』(1999), 다와라 마치俵万知의 『사랑하는 겐지모노가타리源氏物語』(2003), 기리노 나쓰오桐野夏生의 『여신기女神記』(2008) 등이 있다.

가와카미 히로미川上弘美	『신神様』(1994)

꿈과 현실의 경계가 사라진 일상
가와카미 히로미 「신」

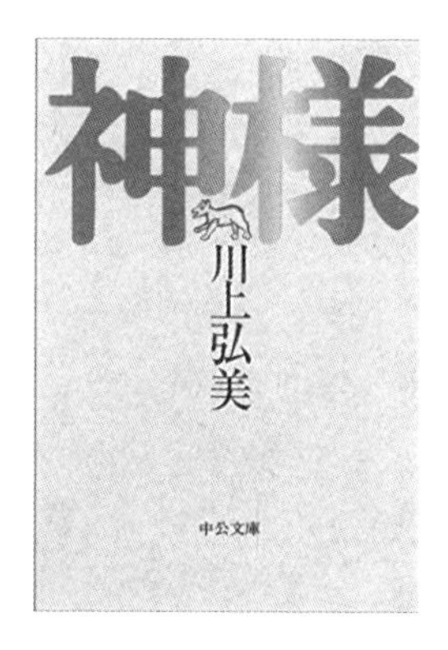

가와카미 히로미 『신』

작가 소개

가와카미 히로미川上弘美(1958~)는 도쿄에서 태어나 5~7세 때 미국에서 지냈다. 초등학교 때 병으로 1년 학교를 쉬는 동안 아동문학을 비롯하여 다양한 책을 접했다. 오차노미즈お茶の水여자대학 생물학과 재학 중 SF잡지에 단편을 투고하였고 편집일도 겸했지만, 대학 졸업 후에는 중·고등학교에서 4년간 교편을 잡았다. 그리고 퇴직 후에 결혼과 출산을 거쳐 1994년에 단편「신神様」으로 문단에 데뷔했다. 이후, 1996년에『뱀을 밟다蛇を踏む』로 아쿠타가와상을 수상했다. 그리고 2001년에 발표한『선생님의 가방センセイの鞄』은 '다니자키준이치로상谷崎潤一郎賞*'을 수상했는데, 15만 부 넘게 팔렸고 드라마로 제작될 정도로 호평을 받았다. 가와카미 히로미의 작품은 초기부터 인간과 동물의 관계나 고전적인 모티브가 현대화된 정서를 잘 표현하여 일상에서의 환상적인 분위기를 연출하는 데 탁월한 분위기를 보여주고 있다.

작품 소개

가와카미 히로미의「신」은 1994년도에 제1회 '파스칼단편문학신인상パスカル短篇文学新人賞**'을 수상하며 알려졌다. 그리고 1999년에

---

* 다니자키준이치로상
주오코론샤(中央公論社)에서 시대를 대표하는 뛰어난 소설과 희곡 작품을 선정하여 주는 상으로, 작가 다니자키 준이치로의 이름을 따서 제정한 상이다. 연 1회 선정작을 내어 잡지『주오코론(中央公論)』에 싣고 있다. 1965년에 1회 수상작을 낸 이래 현재까지 이어지고 있다.

** 파스칼단편문학신인상
ASAHI넷이 주최해서 응모에서 선고까지 모든 과정을 컴퓨터 통신으로 진행하여 공개하는 문학상.

같은 작품으로 제9회 '무라사키시키부문학상紫式部文学賞'과 '분카무라두마고문학상Bunkamura ドゥマゴ文学賞*'을 동시에 수상하였다. 이와 같이 「신」은 매우 짧은 단편인데 다양한 상을 거머쥐며 문단에 알려졌고, 현대적이면서도 고전적이며 독창적이고 참신한 분위기로 가와카미 히로미의 이름을 각인시켰다. 또, 「신」은 일본의 두 종류의 고등학교 국어 교과서에도 실렸다. 「신」의 어떤 매력이 호평을 받고 있는지 작품세계로 들어가 보자.

「신」은 '나'와 곰이 지낸 하루를 일기를 쓰듯 그린 동화 같은 소설이다. 일상에서 곰이 인간과 이야기하고 행동을 같이 하는 모습이 아무렇지도 않게 소설의 첫 장면부터 그려져 독자를 어리둥절하게 하면서도 환상적인 분위기로 이끈다.

> 곰이 가자고 해서 산책하러 나갔다. 강가에 가는 것이다. 걸어서 20분 정도의 거리에 있는 강가이다. 초봄에 도요새를 보기 위해 간 적은 있었지만, 더운 계절에 이렇게 도시락까지 싸서 가는 것은 처음이다. 산책이라기보다 하이킹이라고 하는 편이 좋을지도 모르겠다.

* '분카무라두마고문학상'
'분카무라두마고문학상'은 원래 프랑스의 문학상인 '두마고상'에서 유래했는데, 선진성과 독창성을 갖추고 기존 관념에 얽매이지 않는 참신한 작품을 선정하여 상을 수여하고 있는 것을 일본에서 '분카무라(文化村)'라고 하는 복합문화시설에서 주최하여 일본 작품을 대상으로 매년 상을 수여하고 있다.

앞의 인용이 「신」의 첫 장면이다. 마치 소설 『뱀을 밟다』에서 "미도리 공원으로 가는 도중의 덤불에서 뱀을 밟아 버렸다"는 서술로 시작하여 사람으로 변신하는 뱀과 여성의 동거를 그리는 분위기를 연상시킨다.

최근에 나의 이웃 305호에 곰이 이사를 왔는데, 이 곰은 요즘에는 보기 드물게 이사 온 기념으로 메밀국수와 엽서 10장을 들고 이웃에 인사를 하러 와서 나는 곰과 만나게 된다. 그런데 나는 곰과 대화를 나누던 중에 나의 먼 친척뻘에 해당하는 사람에게 곰이 과거에 신세를 진 사실을 알고, 곰이 자신과 완전히 남이 아니라는 것을 알게 된다. 곰은 감개무량한 듯이 '인연'이라는 말을 해가며 나에게 인사를 했다. 이름은 없지만 곰은 자신밖에 없으므로 앞으로도 이름은 필요 없다고 하면서 그냥 '당신貴方'이라고 불러달라고 말했다. 나는 곰이 옛 기질을 갖고 있다고 느낀다.

강가로 가는 짧은 길을 걸으며 나와 곰은 가볍게 더운 날씨 이야기를 나눈다. 강가에 도착하니 많은 사람들이 수영을 하거나 낚시를 하고 있었다. 곰은 혀를 내밀고 숨을 헐떡였다. 수영복을 입은 성인 남성 2명과 아이 1명이 곁으로 다가왔다. 아이는 신기한 듯 곰이라고 큰소리로 이야기하고, 이를 지켜보던 남자가 곰이라고 맞장구를 쳤다. 이것을 몇 번 반복하고, 아이는 곰의 털을 잡아당기거나 발로 차고, 마지막으로 곰의 배를 주먹으로 치고 달아났다. 곰은 작은 사람은 악의가 없다고 말하고, 나는 아이는 모두 천진난만하다고 말하며 서둘러 강가로 걸어갔다.

강에는 자잘한 물고기가 헤엄치고 있었다. 먼저 곰이 강으로 들어가 솜씨 좋게 물고기를 잡아서 소금에 절여 건어를 만들었다. 나와 곰은 갖고 온 도시락과 오렌지를 먹었다. 그 후, 곰은 잠이 들려는 나에게 자장가를 들려주겠다고 하지만, 나는 거절하고 잠깐 잠이 든다. 이윽고 잠에서 깨어나 보니, 낚시하는 사람들이 몇 명밖에 남아 있지 않았다.

산책에서 돌아와 305호실 앞에서 곰은 "좋은 산책이었습니다"고 하면서 다음 기회에 또 가자고 하고 나는 고개를 끄덕인다. 감사인사를 하고 헤어지려 할 때, 곰이 고향의 관습이라며 포옹하면서 작별인사를 해도 되냐고 나에게 물었다. 나는 곰의 제안을 받아들여 둘은 포옹을 한다. 다음은 이 소설의 마지막 장면이다.

> "오늘은 정말로 즐거웠습니다. 먼 곳으로 여행을 갔다 돌아온 기분입니다. 곰의 신熊の神様의 은총이 당신과 함께 하기를. 그리고 건어는 그다지 오래 가지 않으니 오늘밤 안에 드시는 것이 좋습니다."
>
> 방으로 돌아와 생선을 굽고 목욕을 한 후, 잠들기 전에 잠깐 일기를 썼다. 곰의 신이란 어떤 것일까 상상해 봤지만 짐작이 가지 않았다. 나쁘지 않은 하루였다.

이상이 「신」의 전체 내용이다. 곰과 내가 포옹하는 장면이나 '곰의 신의 은총'이 나에게 내리기를 기원한다는 곰의 말은 인간이 자연이나 동물과 관계를 맺는 토테미즘적 세계관을 보여준다. 소설의 제명인 '신

神様'에서도 이러한 신화의 세계를 엿볼 수 있다.

작품을 읽는 키워드

 # 꿈과 현실이 섞여 있는 일상의 세계

 # 수컷 곰과 나의 귀엽고 예쁜 이야기

 # 「신」과 「신神様 2011」

꿈과 현실이 섞여 있는 일상의 세계

「신」의 작품세계에는 꿈과 현실이 섞여 있다. 일상의 세계에 인간과 다른 이류異類의 곰이 들어와 인간의 말을 하고, 밥을 같이 먹고, 같은 공간에서 인간처럼 행동하는 모습이 나의 시점에서 자연스럽게 그려지고 있다. 특히, 곰이 제안하여 둘이 포옹하는 장면은 인간과 동물의 경계를 무화無化시킨다. 곰이 나와의 사이에 '인연'이 있다는 이야기를 하는 장면에서도 이러한 분위기를 느낄 수 있다. 곰은 본래 있던 고향에서 떨어져 나와 홀로 인간세계로 들어와 있는 상태이다. 따라서 인간세계에 다른 곰이 없으니 이름도 필요 없다고 곰은 말한다. 마치 이즈미 교카泉

鏡花*의 문학세계에서 인간이 자연이나 동물과 대등한 관계에서 연결되어 있는 모습과 비슷하다. 강가에 놀러온 아이는 곰을 신기한 듯 바라보며 장난을 치지만, 어른들은 자연스럽고 담담하게 곰을 대한다.

그러나 나와 곰의 관계를 제외하면, 다른 부분은 현실 생활과 별반 다를 것 없는 어디까지나 일상의 세계이다. 그렇기 때문에 꿈과 현실의 경계가 늘 없는 것이 아니라, 일상의 세계에서 느끼는 꿈과 현실이 섞여 있는 몽환적 분위기라고 하는 편이 더 맞는 해석일 수 있다. 현대의 일상에서 잠시 떠올리는 태초의 설화적 세계에 대한 아련한 기억 같은 분위기라고도 할 수 있다. 이러한 소재는 일본의 설화나 신화에 자주 등장하기 때문에 현대의 이야기이면서 고전적인 분위기가 강하게 느껴지는 작품이다. 이와 같은 고전적 성격이 '무라사키시키부문학상'을 수상한 이유 중의 하나일 것이다.

「신」이 실린 일본 국어교과의 「지도자료」를 보면, "현실과 별개의 세계를 접하는 소설의 즐거움"을 느끼게 해주는 작품이라고 하면서, "꿈과 현실의 경계가 사라진 곳에 나타난 세계에서는 영혼이 새롭게 펼쳐질 수 있다. 「신」은 인간이 동물과 자유롭게 이야기를 나눌 수 있었던 시절의 영혼의 기억을 일상 세계에서 떠올려주는 듯한 기묘한 자연스러움을

* 이즈미 교카(泉鏡花, 1873~1939)
일본의 메이지(明治), 다이쇼(大正) 시대의 소설가로, 에도(江戸) 시대의 영향을 받아 신비하고 환상적인 작풍의 낭만주의적 경향을 보였다.

느끼게 해주는 소설"이라고 평하였다.

곰이 인간처럼 행동하고 교류한다고 해서 리얼리티가 없다고 말할 수 있을까? 인간과 자연, 또 인간과 동물이 경계 지워지지 않고 함께 어우러져 지내던 태초의 원시적인 삶을 현대의 삶 속에서 재현이라도 하려는 듯이 현대인의 아련한 기억을 들춰내고 있는 작품이다. 현실의 리얼리티란 과연 무엇인지, 각박하게 현대의 일상을 살아가는 우리에게 한 번쯤 생각해보게 하는 소설이다.

수컷 곰과 나의 귀엽고 예쁜 이야기

작중인물(?) 곰은 "성숙한 수컷 곰으로 무척 크다"고 서술되어 있을 뿐, 특별한 이름 없이 한자 표기도 보이지 않고 '곰'이라는 뜻의 일본어 발음 '구마くま'라고 표기되어 있다. 그런데 작중인물 '나'는 여성인지 남성인지, 어른인지 아이인지, '나'가 어떤 인물인지 명확하게 알 수 있는 표현은 나오지 않는다. 나는 일기 형식으로 곰과 함께 지낸 시간을 하루의 일기에 적고 있을 뿐이다. 물론 이 일기에는 정확한 날짜도 나오지 않고, 장소를 알 수 있는 표현도 나오지 않는다. 조금 더운 날에 산책을 나갔다는 서술뿐이다. 특별히 사건다운 사건도 일어나지 않는다. 즉, 작중인물, 소설의 시공간, 사건 어느 하나 명확하게 표현되지 않은 상태에서 나와 곰의 막연하고 애매한 동행이 그려지고 있는 것이다.

처음에는 인간과 곰이 함께 산책을 간다는 소재가 어리둥절하게 느껴지는데, 소설을 읽어가면서 어느새 귀엽고 예쁜 동화 같은 이야기에 빠져든다. 소재뿐만 아니라 간결하고 담담하게 그리는 문체와 표현이 한국과는 다른 현대일본문학의 분위기, 일본문학 중에서도 색다른 분위기를 보여주기 때문에 신선한 느낌을 준다. 곰이 정말로 나와 인간의 언어로 이야기를 할 수 있는지 아닌지는 중요하지 않다. 나가 여성인지 남성인지, 둘의 관계가 어떤 성격인지도 딱히 문제되지 않는다. 그저 '존재의 어우러짐'으로 충분히 사랑스럽고 마음을 따뜻하게 해주는 이야기이다. 그래서 남녀의 연애나 강렬한 자극, 사건 등에 길들여진 현대의 독자에게 이러한 원초적인 분위기가 오히려 신선하고 감성적으로 느껴지는지도 모른다.

그런데 너무 간결하고 감성적이어서 역으로 현대일본문학의 맹점을 보이는 측면도 있다. 한국문학에 비해 일본문학은 사회적인 문제보다는 개인적이고 감성적인 차원에 머물러 있는 경향이 있다. 한 사람의 문학자, 혹은 작중인물은 어떤 식으로든 하나의 시대를 나타내는 '대표적 개인'이기 때문에 문학작품은 시대를 표상하는 유효한 텍스트라고 할 수 있다. 문학이 반드시 사회를 반영할 필요는 없지만, 귀엽고 예쁜 개인 감성의 이야기가 현대일본문학에 많은 점에 대하여 비평의 시각을 가질 필요는 있을 것이다.

「신」과 「신神様 2011」

가와카미 히로미의 「신」은 최근에 다시 사람들의 주목을 받았는데, 2011년 6월에 「신」을 개작해서 펴낸 「신2011」때문이다. 2011년 3월 11일에 동일본대지진이 발생하여 쓰나미와 후쿠시마 원자력발전소 방사능 유출사태가 일어난 직후에 가와카미 히로미는 「신2011」을 『군조群像』(2011.6)에 발표했는데, 이때 이전 작품인 「신」도 나란히 게재하였다. 동일본대지진은 수많은 사람들이 죽고 그 피해가 현재까지도 일본뿐만 아니라 근린 국가에까지 이르고 있는 미증유의 거대복합재해이다. 이 지진으로 일상이 완전히 바뀌어버린 모습을 「신2011」에서 표현했는데, 「신」을 같이 실어 변화된 모습을 더욱 극명하게 대조해 보여주었다. 「신」에서 「신2011」로 개작했을 때 바뀐 주요 몇 장면을 예로 들면 다음과 같다.

㉮ 곰이 가자고 해서 산책하러 나갔다. 강가에 가는 것이다. 걸어서 20분 정도의 거리에 있는 강가이다. 초봄에 도요새를 보기 위해 간 적은 있었지만, 더운 계절에 이렇게 도시락까지 싸서 가는 것은 처음이다. 산책이라기보다 하이킹이라고 하는 편이 좋을지도 모르겠다. 곰은 성숙한 수컷 곰으로 무척 크다. 세 집 옆인 305호실에 최근에 이사 왔다.(「신」)

곰의 권유로 산책을 나섰다. 걸어서 20분 정도의 거리에 있는 강가이다. 초봄에 도요새를 보기 위해 보호복을 입고 간 적은 있지만,

더운 계절에 보통의 옷을 입고 피부를 드러내고 도시락까지 가지고 가는 것은 '그 일' 이후 처음이다. 산책이라기보다 하이킹이라고 하는 편이 좋을지도 모르겠다. (「신2011」)

㉯ 멀리서 들리기 시작한 물소리가 드디어 뚜렷해지자 우리들은 강가에 도착했다. 많은 사람들이 헤엄을 치거나 낚시를 하고 있다. 짐을 내리고 타올로 땀을 닦았다. 곰은 혀를 내밀고 조금 헐떡이고 있다. 그렇게 서 있으니 남자 두 명과 아이 한 명인 세 명의 무리가 곁으로 다가왔다. 모두 수영복을 입고 있다. 남자 한쪽은 선글라스를 쓰고 다른 한쪽은 호흡기가 목에서 달랑거리고 있었다. (「신」)

멀리서 들리기 시작한 물소리가 드디어 뚜렷해지자 우리들은 강가에 도착했다. 아무도 없을 거라고 생각하고 있었는데 두 명의 남자가 물가에 우두커니 서 있다. '그 일' 이전에는 강가에는 언제나 많은 사람들이 수영을 하거나 낚시를 하고 있었고, 가족과 동반한 사람들도 많았다. 지금은 이 지역에는 아이가 한 명도 없다. 짐을 내리고 타올로 땀을 닦았다. 곰은 혀를 내밀고 조금 헐떡이고 있다. 그렇게 서 있으니 남자 두 명이 곁으로 다가왔다. 둘 다 보호복을 입고 있었다. 한쪽은 선글라스를 쓰고, 다른 한쪽은 긴 장갑을 끼고 있다. (「신2011」)

㉰ "포옹을 해주시겠습니까?" 곰이 말했다. "친한 사람과 헤어질 때의 고향의 습관입니다. 만약 싫다면 물론 괜찮습니다만." 나는 허락했다. 곰은 그다지 목욕을 하지 않을 테니까 아마 몸 표면의 방사선량은 약간 높을 것이다. 그러나 이 지역에 계속 살 것을 선택했기 때문에 애시당초 그런 것을 신경 쓸 마음은 없다.(「신2011」)

㉱ 곰은 한걸음 앞에 나가자 양팔을 크게 벌려 그 팔을 내 어깨에 두르고 볼을 나의 볼에 비볐다. 곰 냄새가 났다. 반대편 볼도 마찬가지로 비비자 다시 한 번 팔에 힘을 넣고 내 어깨를 안았다. 생각보다도 곰의 몸은 차가웠다. "오늘은 정말로 즐거웠습니다. 멀리 여행을 하고 돌아온 것 같은 기분입니다. 곰의 신의 은총이 당신에게 내리기를. 그리고 건어물은 그다지 오래가지 못하니까 오늘밤 사이에 드시지 않는다면 내일 중에 버리는 편이 좋다고 생각합니다." 방으로 돌아와 건어물을 구두장 위에 장식하고 샤워를 하고 정성스럽게 몸과 머리를 헹구고 자기 전에 조금 일기를 쓰고 마지막으로 언제나 그런 것처럼 총 피폭선량을 계산했다.(「신2011」)

위의 인용 ㉮와 ㉯에서 밑줄 친 부분을 보면 「신」에서 「신2011」로 개작될 때 달라진 부분을 알 수 있다. '그 일', 즉, 원전 폭발로 인한 방사능 유출 때문에 '보호복'을 입고 산책을 가야하고, 거리에서 아이가 사라진 풍경이 묘사되어 있다. ㉰와 ㉱의 밑줄 부분은 「신2011」에서 추가된 내용으로, 피폭 방사선 양을 신경 쓰고 있는 모습을 볼 수 있다. ㉱의 밑줄 부분은 「신」에서는 "오늘밤 사이에 드시는 편이 좋을 겁니다."고 간단히 끝나는 서술이었다. 그런데 개작에서는 하루의 일과 끝에 몸을 정성스럽게 씻고 총 피폭량을 계산하는 달라진 일상을 보여주고 있다. 위에서 인용한 장면 외에도 「신」에서 「신2011」로 개작될 때 달라진 곳이 더 있는데, 이상의 예만 봐도 2011년 이전과 이후에 무엇이 달라졌는지 확연히 알 수 있다.

그렇다면 가와카미 히로미는 왜 자신의 초기작을 개작하여 2011년 이후를 표현했을까? 말로 형언할 수 없는 대재난 앞에 새로운 작품을 창작하기보다 과거의 작품을 통해 달라져버린 일상을 표현하고 싶었는지도 모른다. '그 일' 이후 옷차림도 달라지고 거리에서 아이가 사라진 세계에서 방사선 피폭량을 체크하며 살아가는 삶 속에서, 그렇기 때문에 더욱 '곰의 신의 은총'이 2011년 이후의 사람들에게 내리기를 간절히 기원하는 마음이 담겨있을지도 모르겠다. 나와 곰의 동행은 2011년 이후의 일상을 살아가는 일본인의 인연과 운명을 중요시하는 정서를 잘 보여주고 있다.

가와카미 히로미 『신2011』

참고문헌

川上弘美(2001). 『神様』, 中公文庫.
김정희(2014), 「3.11을 인식하는 문학의 방법-「신(神様)」에서 「신(神様)2011」-로의 개작」『일본학보』 101, 한국일본학회.
최가형(2016), 『3.11 동일본대지진 이후의 일본 재난문학 연구』, 고려대학교 박사학위논문.
「神様」と「神様2011」『群像』, 2011.6.

순문학

05

R
|
18
문
학
상

'R-18문학상R-18文学賞'은 신초샤新潮社가 주최하는 공모신인문학상으로, 정식 명칭은 '여자에 의한 여자를 위한 R-18문학상女による女のためのR-18文学賞'이다. 응모자가 여성에 한정되어 있고, 선고위원인 작가나 편집자도 여성으로만 구성되어 있다. 처음에는 성性에 대해 묘사된 소설을 대상으로 하여 여성을 위한 에로틱한 소설 발굴을 목표로 하였는데, 성을 테마로 한 신인상으로서 사회적 역할을 어느 정도 달성했다는 이유로, 응모작품을 관능을 테마로 하는 작품도 받으면서 동시에 여성만이 가질 수 있는 감성을 살린 소설로 변용시켰다. 2002년부터 현재까지 수상작을 내고 있다.

주요 수상작에 미나미 아야코南綾子의 『여름이 끝나다夏がおわる』(2005), 히루타 아사코蛭田亜紗子의 『자승자박의 이승自縄自縛の二乗』(2008), 후카자와 우시오深沢潮의「가나에 아줌마金江のおばさん」(2012) 등이 있다.

후카자와 우시오深沢潮	『가나에 아줌마金江のおばさん』(2012)

북한에 가족을 둔 재일코리안 이야기
후카자와 우시오 『가나에 아줌마』

후카자와 우시오, 「가나에 아줌마」가 수록 된 『한 사랑 사랑하는 사람들』

작가 소개

후카자와 우시오深沢潮(1966~)는 도쿄 출신으로, 부모님은 재일한국인이지만, 일본인과 결혼하고 아이를 출산하면서 일본국적으로 귀화했다. 조치대학上智大学 문학부를 졸업하고 회사 근무와 일본어 강사를 역임하였다. 현재 소설가로 활약 중이다. 2012년에 「가나에 아줌마金江の

おばさん」로 'R-18문학상'을 수상하면서 문단에 알려졌다. 주요 작품으로 「가나에 아줌마」에 5편의 단편을 덧붙여 만든 장편 『한 사랑 사랑하는 사람들ハンサラン 愛する人びと』(新潮社, 2013.2), 『소중한 아버지에게ひとかどの父へ』(朝日新聞出版, 2015.4), 『녹색과 적색緑と赤』(実業之日本社, 2015.11), 『바다를 안고 달에 잠들다海を抱いて月に眠る』(文藝春秋, 2018) 등이 있으며, 식민과 냉전의 시대를 지나온 재일코리안의 삶을 다양한 관계 맺기를 통해 보여주고 있다. 후카자와 우시오의 소설은 재일코리안과 일본사회, 한국과 북한을 아우르는 공간적인 확장뿐만 아니라, 조부모 세대로 거슬러 올라가 자신의 기원을 묻는 이야기를 그리고 있다.

작품 소개

후카자와 우시오의 「가나에 아줌마」는 'R-18문학상'을 수상한 후에 5편의 단편을 덧붙여 신초샤新潮社에서 장편으로 구성한 『한사랑 사랑하는 사람들』(2013)에 수록되어 있다. 이것이 동 출판사에서 문고본으로 발간되었을 때 제목이 『인연을 맺는 사람縁を結うひと』(2016)으로 바뀌었는데, 「가나에 아줌마」의 인물 설정이나 내용으로 보면 문고본 제목이 소설의 메시지를 잘 담아내고 있다.

소설의 줄거리는 다음과 같다. 가나에 아줌마는 재일 2세의 80세 정도의 중매쟁이인데, 본명은 이복선李福先으로, 보통 후쿠福라고 불린다. 결혼 후에 남편의 성 김金을 따르게 되어, 통명*이 '가나에 후쿠金江福'가 되었다. 자신의 통명이 '복을 이루어준다福を叶える'는 의미로 느껴져 중매쟁이 일을 천직으로 생각하며 살고 있다. 남편은 돈벌이가 거의 없이 조총련 조직에서 활동하고 있고, 딸은 일본인과 결혼해서 늙은 노부부 둘이 살고 있다. 중매쟁이 일은 30년 정도 전에 조총련 부인회의 인맥을 살려 인연을 맺어준 일을 시작으로 하게 되었는데, 중매 알선료와 성사 사례금, 인연을 맺어준 사람들의 가족행사에 의상이나 공간 대여에 관여하면서 받는 수익금 등으로 생활하고 있다.

* 통명
'통명'은 특별영주자로 일본에 거주하고 있는 재일코리안이 사회생활의 편의를 위해 본명 외에 사용하는 일본식 이름으로, '통칭명'이라고도 한다. 공식적인 서류에 이름을 적어야 할 경우는 본명으로 적지만, 최근에는 일상생활의 각종 증명에 통명을 사용하기도 한다. 통명은 일제강점기에 창씨개명으로 사용하던 이름을 붙이는 경우도 많다. 최근에는 통명을 버리고 민족명인 자신의 본명을 사용하는 사람들도 늘고 있다.

후쿠에게는 고이치光一라는 아들이 한 명 있었는데, 조총련 계의 학교를 나와 1959년부터 시작된 북한으로의 '귀국사업'* 으로 1972년에 북한으로 귀국했다. 이미 북한으로 간 사람들로부터 기대한 것과 다르게 힘든 이야기들이 조금씩 나오고 있었지만, 조총련 조직에서 활동하고 있던 남편의 사정으로 그만 아들을 보내고 만 것을 후회하고 있다. 그로부터 40년이 지난 현재까지, 후쿠는 고이치에게 송금을 계속 하고 있는데, 3년 전부터 고이치가 보내주던 편지에서 조금 이상한 느낌을 받는다. 답장이 늦어지는 경우도 있고, 가끔 보내주는 사진도 들어있지 않은 데다 필체도 달라진 것 같아 후쿠는 불안해진다. 그러나 아들에 대한 정확한 소식을 듣지 못한 채 후쿠는 중매쟁이 일을 하면서 벌어들인 돈을 아들을 위해 북한으로 계속 송금하고 있다. 그리고 자신이 맺어준 사람들의 결혼식에 참석해 재일코리안 사회와 계속 관계를 맺으며 살아가는 모습이 소설 속에서 그려진다.

---

* '귀국사업'

재일코리안이 북한으로 귀국하는 '귀국사업'은 1959년부터 1984년까지 약 26년간에 걸쳐 이루어졌으며, 총 93,340명이 북한으로 건너갔다. 한국에서는 '북송사업'으로 불린다. 이 일은 재일사회의 성격을 크게 바꾸어 놓았다. 재일조선인의 대부분이 경상도와 제주도를 비롯한 남한 사람들인데 북한으로 귀국 아닌 귀국을 해야 했고, 여기에는 가족으로 따라간 일본인 아내들도 약 2,000명 포함되어 있다. 현재 약 60만 명의 재일조선인 인구를 생각하면, 재일 사회의 15퍼센트가 북한으로 이주한 것으로, 또 하나의 이산을 낳았다.

작품을 읽는 키워드

북한으로 가족이 귀국한 재일코리안 이야기

연쇄되고 확장되는 서사

밝고 유머러스한 재일코리안 문학의 등장

북한으로 가족이 귀국한 재일코리안 이야기

'귀국사업'으로 북한으로 귀국한 재일코리안을 '귀국동포', 줄여서 '귀포'라고 부르는데, 이 말은 북한 사람들이 자신들과 구별해 낮게 보고 멸시해 부른 데에서 나온 말이다. '귀포'는 북으로 '귀국'한 사람들이 현지에서 입지가 자유롭지 못한 사실을 말해주는 동시에, 그 때문에 더욱 일본에 있는 가족이 신경을 쓰면서 살아가야 하는 상황을 대변해주고 있는 말이다. '귀포' 가족을 둔 사람들이 일본사회에 남아 재일의 삶을 살아가면서 겪는 이야기를 구체적으로 보여주고 있는 소설이 바로 후카자와 우시오의 「가나에 아줌마」이다.

> 이전에는 사람들한테 받은 것을 포함해 많은 물품을 니가타新潟 경유로 만경봉호에 실어 보냈다. 그러나 제반 사정으로 그것도 어려워졌다.
>
> 지금은 현금만이 살 길이다.
>
> 고이치가 살아있기만 하면 된다.

작게 심호흡을 하고 눈을 감았다.

눈꺼풀 안쪽에 고이치가 손을 흔들던 모습이 비친다. 고이치를 태운 만경봉호가 언덕에서 멀어지고 보이지 않았다.

위의 인용은 후쿠의 아들 고이치가 만경봉호*를 타고 북한으로 귀국하던 당시의 모습을 후쿠가 떠올리고 있는 장면이다. 고이치가 북한으로 간 이후에도 니가타를 통해 아들에게 물품을 보내고 있는 귀국동포 가족 이야기가 그려져 있다.

이러한 귀국동포 가족 이야기는 이 소설뿐만 아니라, 가네시로 가즈키金城一紀의 『GO』(2000)에도 나온다. 하와이에 가기 위해서 '조선국적'을 한국국적으로 바꾼 아버지는 "국적은 돈으로도 살 수 있는 거야"라고 농담처럼 말을 하지만, 아버지가 전혀 기쁜 표정이 아닌 것을 주인공 '나'가 놓치지 않는 장면이 있다.

---

* 만경봉호

만경봉호(萬景峰號)는 조선민주주의인민공화국에서 1971년에 건조한 배로, 재일코리안의 북으로의 귀국사업에 사용되었다. 또, 일본의 니가타와 북한의 원산을 정기적으로 운항하며 재일코리안 학생들의 북한 수학여행이나 물품 수송 등에 사용되며 북일 간을 왕래하였다. 그러나 북한의 미사일 발사문제, 핵 위협, 일본인 납치 문제가 불거지면서 최근에 일본에서 정기운항을 금지하였다.

아버지에게는 어렸을 적 같이 일본으로 건너온 두 살 아래의 남동생이 있다. 그러니까 나의 삼촌이 되는 셈인데, 그 삼촌은 1950년대 말에 시작된 '귀국운동'에 동참해 일본에서 북조선으로 건너갔다. 그 귀국운동이란 "북조선이 '지상의 낙원'이며 아주 멋진 곳이니, 일본에서 학대받는 '재일 조선인'들이여, 모두 함께 북조선에서 열심히 살아보자, 어서 오라."는 운동이었다. 애당초 '운동'이란 단어가 붙는 운동에 제대로 된 운동이 없었으니, 당시 재일 조선인들도 어슴푸레 그렇다는 것을 알고는 있었지만, 일본에서 차별받으며 가난하게 사느니 그나마 나을지도 모르겠다면서 너도나도 북조선으로 건너갔다. 그 사람들 중에 나의 삼촌도 끼어 있었던 것이다.

국적을 한국으로 바꾸었기 때문에 결과적으로 조총련을 배신한 셈이 된 아버지가 북한에 있는 동생이 마음에 걸리는 데다 앞으로도 북한에 갈 가능성이 거의 없어져 만나기도 어려울 것이라는 생각에 트럭이라도 사 보내주려고 한다는 장면을 통해, 귀국동포 가족이 일본에서 살아가는 모습을 엿볼 수 있다.

연쇄되고 확장되는 서사

'귀포' 가족 서사에는 위와 같이 개별적인 차원의 희비를 근접거리에서 그리거나 내면의 심경을 드러내는 묘사가 많다. 그런데 이 소설에서 매우 흥미로운 것은 작중인물의 근경과 내면의 심경을 그리고 있음에도 불구하고 서사가 내면으로 침잠해 들어가지 않고 오히려 주변으로 연쇄되며 확장되는 형태로 나타나고 있다는 점이다. 이는 후쿠의 '중매쟁이' 일과 관련이 있다. 후쿠는 재일 조선인 및 한국인들을 중심으로 사람들의 인연을 찾아 연결해주는 일을 하고 있기 때문에 그녀로부터 연쇄되고 확장되는 재일 사회의 서로 얽힌 모습이 재현된다. 후쿠는 민단계와 조총련계를 따지며 혼인 상대를 물색하는 사람들에게, "우리는 일본에 있기 때문에 같은 나라 사람들이야. 조총련도 민단도 정말로 상관없다"고 하면서 좁은 재일 사회에서 사는 같은 나라 사람들임을 주지시킨다. 그런데 조총련계의 결혼식 피로연에 초대받아 간 자리에서 정작 후쿠 자신의 심경은 간단하지 않다. 다음 인용은 단편「가나에 아줌마」의 마지막 장면이다.

> 후쿠는 춤을 추며 생각했다.
>
> 민단도 조총련도 무엇도 상관없다. 한국이든 북한이든 뭐든 좋다. 목숨이 붙어 있는 한 동포의 인연을 계속 맺어갈 수밖에 없다. 그렇게 해서 고이치와의 인연을 어떻게든 이어가는 거다.
>
> 음악은 세 곡으로 끝났다.
>
> "우리나라 만세!(우리조국, 만세!)"
>
> 누군가가 큰 소리로 외쳤다. 그러자 "만세!"의 대합창이 일었다.
>
> 부인들도 모두 양손을 들고 만세를 불렀다.

부인들과 손을 잡은 채 후쿠도 자연스럽게 양손이 위로 올라가고 만세를 부르는 모습이 되었다.

데쓰오 쪽을 보니 같은 테이블에 앉아 있는 사람들은 모두 만세를 부르고 있는데, 데쓰오 혼자 고개를 숙이고 요리를 계속 먹고 있다. 어떤 표정인지 후쿠가 있는 곳에서는 보이지 않는다. 치마저고리 둘레 속에서 감정이 북받쳐오는 것을 참았다.

"만세! 만세! 만세!"

다시 합창하는 만세 소리에 맞춰 서로 잡은 양손이 다시 한 번 올라갔는데, 소리는 내지 않았다.

후쿠는 양 옆의 여성을 따라 묵묵히 팔을 상하로 움직이고 있을 뿐이었다.

'우리나라'라는 말에 쉽게 동조하지 못하는 후쿠의 복잡한 심경이 국가와 민족으로부터 기만당한 '귀포' 가족의 초상을 잘 보여주고 있다. 동북아의 관계가 유동적일수록 '재일'을 각자의 입장에서 소환하려는 주변의 욕망은 커질 수밖에 없다. 이러한 유동성에 재일 사회가 연동되고 경계적 정체성이 흔들릴 수밖에 없는 것은 양영희의 영화 제목처럼 '가족의 나라'로 관계가 서로 얽혀 있기 때문이다. 이 소설은 후쿠를 접점으로 연결된 여러 형태의 관계망을 통해 같은 '재일'을 살지만 각자 다른 내력과 입장을 가진 다양한 사람들이 다시 연결되고 소통하는 모습을 보여주는 동시에, 이러한 재일 사회의 연대가 낭만적인 판타지로 소비되는 것을 후쿠의 복잡한 심경을 통해 경계하고 있다.

밝고 유머러스한 재일코리안 문학의 등장

재일코리안의 삶을 다양한 관계 맺기를 통해 보여주고 있는 후카자와 우시오의 문학은 사람들 사이의 관계 묘사가 특징적인데, 「가나에 아줌마」로 '여자에 의한 여자를 위한 R-18문학상'을 수상했을 때 다음과 같은 평가를 받았다. 선고위원인 쓰지무라 미즈키辻村深月는 "재일한국인 커뮤니티의 모습이 그려져 있는데 여기에 작자의 필치의 깊이가 느껴지는 것은 물론이고 '가나에 아줌마'의 눈을 통해 보는 사람과 사람의 관계, 생활감이나 돈에 대한 묘사 등, 일상의 리얼리티에 이끌렸다"고 평했고, 미우라 시온三浦しをん은 "절제된 필치 속에 소소한 유머와 사회에서 살아가는 인간의 고통이 느껴져 다 읽은 후에 한동안 여운이 남았다"고 하면서 '중매쟁이'라는 제재가 갖는 재미와 여기에 사회성이 얽혀 있는 모습을 평가했다. 이러한 평가는 「가나에 아줌마」에 대한 선평이기는 하지만, 후카자와 우시오의 작품세계 전반에 대해 이야기할 수 있는 내용이다.

즉, 후카자와 우시오의 작품에는 재일코리안 사회의 일상이 사람들 사이의 관계 속에서 담담하고 유머러스하게 그려져 있다. 이전의 재일 문학에서 보이는 어둡고 무거운 주제나 표현 대신에 가볍고 유머러스한 표현이 독자로 하여금 흐뭇하게 만든다. 물론 재일코리안의 이야기

자체가 식민과 냉전의 한일근대사로 얽혀 있기 때문에 유머조차도 밝고 쾌활할 수 없는 음울한 냉소가 깃들어 있는 측면이 있는 것은 사실이다. 그러나 분명한 것은 삶의 희로애락을 통과해 상당한 수준의 문화와 여유가 있어야 나올 수 있는 것이 유머라는 사실이다. 민족이나 정체성 문제와 같은 전형적인 기존의 서사와 비교해보면 재일코리안 문학이 많이 달라지고 있음을 알 수 있다.

참고문헌

深沢潮(2013),『ハンサラン 愛する人びと』, 新潮社.
深沢潮(2016),『縁を結うひと』, 新潮文庫.
가네시로 가즈키 지음·김난주 옮김(2007),『GO』, 북폴리오.
김계자(2019),「달라지는 재일코리안 서사-후카자와 우시오의 문학을 중심으로-」『아시아문화연구』, 가천대 아시아문화연구소.
양영희 지음·장민주 옮김(2013),『가족의 나라』, 씨네북스.
테사 모리스 스즈키 지음·한철호 옮김(2008),『북한행 엑서더스-그들은 왜 '북송선'을 타야만 했는가?』, 책과함께.

만경봉호

대중문학

06

나오키상

대중문학에 수여되는 문학상으로, 정식 명칭은 나오키산주고상直木三十五賞이다. 아쿠타가와상이 주로 무명작가나 신진작가에게 주는 상인데 반해, 나오키상은 중견작가도 포함해 수상 대상을 한정하지 않고 폭넓게 수여하고 있다. 문예춘추사文藝春秋社의 사장인 기쿠치 간菊池寛이 친구 나오키산주고를 기념해 아쿠타가와상과 마찬가지로 1935년에 제정한 이래 연 2회 같은 시기에 수상작을 발표하고 있다. 주로 상업적인 소설이 많아 영화나 드라마로 제작되는 경우가 많다. 대표적인 수상작으로는 아사다 지로浅田次郎의 『철도원鉄道員, ポッポヤ』(1997), 가네시로 가즈키金城一紀의 『GO』(2000), 오쿠다 히데오奥田英朗의 『공중그네空中ブランコ』(2004), 히가시노 게이고東野圭吾의 『용의자 X의 헌신容疑者Xの献身』(2005), 미우라 시온三浦しをん의 『마호로바역 다다 심부름집まほろ駅前多田便利軒』(2006) 등이 있다.

가네시로 가즈키金城一紀	『GO』(2000)
히가시노 게이고東野圭吾	『용의자 X의 헌신容疑者Xの献身』(2005)

장미를 다른 이름으로 불러도 향기는 그대로
가네시로 가즈키 「GO」

가네시로 가즈키 『GO』

작가 소개

사이타마현埼玉県 출신의 재일코리안* 작가이다. 중학교까지

* 재일코리안

여기서는 재일조선인, 재일한국인이라는 용어를 사용하지 않고 포괄적인 재일코리안이라는 용어를 사용하기로 한다. 이에 대한 상세설명은 2장(28쪽)을 참조바란다.

조총련계 조선학교에 다녔으며 북한* 국적에서 대한민국 국적으로 바꾼 뒤 고등학교는 일본의 일반고등학교로 진학하였다. 현재의 국적은 알 수 없다. 인권변호사가 되고 싶어 게이오의숙대학慶應義塾大学 법학부에 진학하였으나 곧 소설에 심취하여 작가가 되기로 결심한다.

1998년『레볼루션 NO.3レヴォリューション NO.3』로 제66회 '소설현대小説現代 신인상'을 수상하였고 2000년 자신의 경험이 담긴『GO』를 출간하여 제123회 나오키상을 수상하였다. 당시 최연소 나오키상 수상자로 큰 화제를 모았다. 그는 인터뷰에서 순문학 신인상에 응모할 마음은 처음부터 없었으며 독자에게 즐거움을 줄 수 있는 기승전결이 확실한 이야기를 쓰고 싶다고 밝힌 바 있다. 이로 인해 그는 평단에서 '엔터테이먼트 재일문학'의 창시자라는 평가를 받고 있다. 또 그는 일본에 거주하는, 즉 언제가 일본을 떠날수도 있다는 '재일'이라는 용어의 차별성을 지적하고 자신의 정체성을 '코리안 재패니즈'라 규정하고 있다.

---

* 북한

일본에서는 대한민국을 한국으로, 조선민주주의인민공화국을 북조선으로 통칭하고 있다.

작품 소개

이름이란 무엇인가? 장미라 부르는 꽃을 다른 이름으로 불러도 아름다운 향기는 그대로

- 셰익스피어『로미오와 줄리엣』

위의 글은 소설 첫머리에 등장하는 대명제이다. 인간을 규정하는 어떠한 굴레도 인정하지 않고 그 본질을 탐색하고자 하는 작가의 의도가 반영된 것이라고 할 수 있다.

『GO』는 전부 7장으로 이루어진 '나'의 연애이야기로, 주인공 스기하라杉原는 재일코리안 부모에게서 태어난 남학생이다. 스기하라의 아버지는 파칭코 경품교환소를 운영하고 있으며, 남동생이 하나 있지만 그는 북송선을 타 북한에서 살고 있다. 북한 국적의 아버지는 하와이 여행을 가기 위해 국적을 한국으로 바꾼다.

아버지를 따라 한국 국적을 취득한 스기하라는 일본의 남고에 진학했다. '나'는 고등학교 입학식을 일주일 앞두고 1학년 주임에게 한국식 이름인 본명 말고 '통명'(일본이름, 여기서는 스기하라)을 사용했으면 좋겠다는 통보를 받는다. 그는 조선학교로 진학하지 않은 이유로 선생들에게 괴롭힘을 당한 경험이 있어 그 제안을 받아들인다.

스기하라가 고등학교에 입학해 처음으로 사귀게 된 친구는 조직폭력단 간부의 아들인 가토加藤이다. 스기하라는 가토의 생일파티에 초대되어 클럽 〈Z〉에 갔다가 일본인 여고생 사쿠라이櫻井를 만나게 되었다. 스기하라는 사쿠라이와 이야기를 나누던 중 일류대학에 들어가 일류기업에 취직하고 예쁜 부인을 얻어 아이를 둘 정도 낳고 정년퇴직 후에 바둑이나 두다가 평화롭게 죽고 싶은 것이 꿈이라는 것을 피력한다. 평범한 고등학생이 갖기에는 이상할 정도로 평범한 꿈이지만 재일코리안 스기하라에게 있어 평범은 그만큼 어려운 것이기도 했던 것이다.

스기하라는 중학교까지 조총련계 학교를 다녔다. 중학교에서 배우는 공산주의식 교육은 싫어했지만 그곳에서 만나는 친구들은 동지와도 같았다. 쇼와昭和 천황의 생일인 4월 29일에 일어나는 속칭 '조선인 사냥'에 맞서야 했고, 공부를 해도 의사나 변호사가 될 수 없는 현실에 맞서야 했다. 또 16세가 되면 구청에 가서 지문을 찍고 외국인 등록을 해야만 했다. 차별이 가득한 사회와 권력 속에서 삶을 영위하는 것이 재일코리안 학생에게 쉬운 일은 아니었던 것이다.

개교 이래 최고의 천재라 불리는 조선학교 친구 정일ジョンイル은 재일한국인 아버지와 일본인 어머니 사이에서 태어난 인물이다. 정일이의 아버지는 행방불명이 되었지만 정일은 조선국적을 갖게 되었고

어머니는 뿌리를 알게 하기 위해 학비도 비싼 조선학교*에 보냈다. 그는 스기하라와 달리 그대로 민족고등학교에 진학했지만 그들의 우정은 더욱 깊어졌다.

어느 날 정일이는 치마저고리 교복**을 입은 여학생에게 일본 남학생이 다가오는 것을 막아서다 칼에 찔려 목숨을 잃었다. 비극이었다. 이 비극은 치마저고리를 입은 여학생이 경험했던 차별과 폭력, 그녀를 보호하고자 했던 정일이의 오해로 촉발되었고 한순간의 실수로 사람을 죽인 일본 남학생의 자살로 종결된다. 세상의 차별은 이렇게 비극을 잉태하고 있는 것이다.

스기하라는 사쿠라이와 평범한 사랑을 나누다 어느 날 자신이 한국 국적의 재일코리안인 사실을 밝히기로 결심한다.

* 조선학교

조선학교는 일본의 사립학교법상 '각종학교(各種學校)'에 해당하지만 '법률에서 정하는 학교'가 아니기 때문에 일본 정부의 충분한 예산지원을 받지 못해 학비가 일반학교에 비해 비싸다.

** 치마저고리 교복

조총련계 학교는 전통 한복을 개량한 치마저고리를 여학생의 교복으로 채택해왔으나 1990년대에 치마저고리를 찢는 범죄가 사회문제로 대두되자 이후 교복을 임의 변경하였다.

"그렇지만 중학교 2학년 때까지는 조선 국적이었어. 앞으로 석달 후에는 일본으로 되어있을지도. 1년 후에는 미국이 될지도. 죽을 때는 노르웨이일지도."

사쿠라이는 스기하라의 말을 이성적으로는 이해하지만 받아들이기 어려워한다. 한동안의 시간을 갖은 후, 크리스마스 이브에 다시 만나게 된 그들. 사쿠라이는 스기하라를 '재일'이라고 규정하지만 스기하라는 사쿠라이와 다름없음을 외친다.

"나는 이 나라에서 태어나서 이 나라에서 자랐어. 재일미국인이나 재일이란인처럼 외부에서 온 사람들과 똑같이 부르지마. 재일이라는건, 우리들을 언젠가 이 나라를 떠날 외부인으로 취급하는 것과 다름없는 말이잖아."

두 청춘은 국적의 문제는 차치해두고 서로에게 끌리는 순수한 마음으로 화해와 공존을 보여준다. 이렇게 이들의 평범한 연애는 시작되었다.

작품을 읽는 키워드

국적의 문제

새로운 재일문학-'지정석'의 파괴

국적의 문제

이 소설은 '연애소설'임을 천명하고 있지만 상당한 비중을 '국적'의 문제에 두고 있다. 즉, 연애라고 하는 지극히 일상적인 문제와 국적 문제를 병렬함으로써 재일코리안의 일상에서 차별과 배제가 얼마나 밀착되어 있는지를 다룬다.

이 작품 속 등장인물들은 다양한 제도의 밑받침에 국적의 문제가 도사리고 있음을 드러낸다. 스기하라의 아버지는 철저한 마르크스주의자이지만 하와이에 여행을 가기 위해 국적을 변경하고, 스기하라의 선배인 수세미 선배는 축구선수가 되고 싶어 했지만 북조선국적인 탓에 J리그에 명함조차 못 낼 듯하여 한국으로 국적을 바꾼다. 정일이는 대단한 수재로 어머니가 일본인이지만 조선국적으로 졸업 후 조선학교로 돌아와 선생님이 되기를 바랐지만 살해당했다. 이는 국적을 둘러싼, 일본사회에 뿌리 깊게 내려온 차별인식과 고정관념 그리고 몰이해가 한 개인의 삶을 구조적으로 어떻게 재편하는지를 보여준다고 할 수 있다.

그럼에도 불구하고 『GO』에서는 국적의 문제를 한편으로 개인의 자유의지에 의한 선택의 문제로도 그리고 있다. 주인공 스기하라는 아버지의 국적 변경이 "나의 두발을 옭아매는 족쇄를 하나라도 풀어주려고 한 것"이라고 서술한다. 이는 민족, 조국, 국가 등이 모두 선택의 문제에 지나지 않음을 강조함으로써 개인을 주체화한다고 평가할 수 있다.

새로운 재일문학 – '지정석'의 파괴

가네시로 가즈키는 기존의 재일문학과의 변별점을 의식적으로 지향하고 "지정석의 파괴를 위해『GO』를 썼다"고 밝히고 있다. 이제까지의 재일문학은 한민족의 '한'을 비롯하여 일본 사회에서의 재일코리안의 현실 등 사회고발적인 소설이 주류를 이루었다. 그러나 가네시로 가즈키는 인터뷰에서 재일문학의 폐쇄적인 느낌을 별로 좋아하지 않으며 아이덴티티의 위기가 있었을 때 재일문학을 집중해서 읽었지만 구원받지 못했다고 토로했다. 그래서 자신과 같은 젊은이가 '재일'의 문제로부터 자유로워지기를 바라며 그 틀에 갇힌 문학이 아닌 다양한 요소가 혼합되어 있는 즐거운 작품을 쓰고 싶었다고 했다. 이는 재일 사회에서 민족주의적 사고와 세계화 사고의 대결이 임계점에 도달했다는 사실을 나타낸다. 가네시로 가즈키의 작업은 전통적인 재일의식에 정면으로 그 의문을 제기함으로써 재일코리안의 경계를 흔들었다고 할 수 있다.

그러나 이제까지의 재일문학과는 달리 재일이 처한 현실을 지극히 개인적인 층위에서 해결하려고 했다는 비판도 있다. 예를 들어 스기하라는 조선학교에서 벌어지는 일을 단지 이해할 수 없는 영역에서 벌어지는 일로 수렴시키거나 단편적인 한국여행의 경험을 통해 배타적인 영역을 설정하는 등 재일코리안으로서의 내적 모순을 가볍게 다루었다는 점은 아쉬움이 남는다. 이제 재일문학은 민족문학을 넘어 보편적이면서도 인간적인 개인의 가치추구라는 새로운 지평을 열어가고 있다. 『GO』 이후의 작품이 더 기대되는 이유이기도 하다.

작품 관련 콘텐츠

소설 『GO』를 기반으로 제작한 영화 〈GO〉(2001)는 유키사다 이사오行定勲 감독이 메가폰을 잡았으며 구보즈카 요스케窪塚洋介, 시바사키 고柴咲コウ가 주연을 맡았다. 제25회 일본아카데미상에서 우수작품상, 신인배우상, 최우수남우주연상 등 14 관왕을 차지하며 큰 호평을 받았다. 특히 남자주인공 구보즈카 요스케는 신인배우상과 함께 최연소기록으로 최우수남우주연상을 동시에 수상하여 큰 화제를 모으기도 했다.

가네시로 가즈키가 유키사다 이사오 감독을 만났을 때, 여주인공으로 시바사키 고를 추천했다는 일화는 유명하다. 구보즈카 요스케는 이 작품에 캐스팅되기 이전에는 재일코리안에 대해 생각하거나 고민한 적이 없었다고 밝힌 바 있다. 유키사다 이사오 감독은 구보즈카에게 원작 『GO』를 읽게 하였지만 여주인공 시바사키에게는 원작을 읽지 않은 채 촬영을 하게 했다는 사실은 널리 알려져 있다. 재일코리안에 대한 선입견 없는 일본인의 입장 그대로를 투영하고 싶었던 것이리라. 한편으로 한국 배우 명계남과 김민이 단역으로 출연하여 한국에서 화제가 되기도 했다.

영화 〈GO〉에 대해서는 매체를 총지휘하는 감독이 일본인이라는 사실, 이로 인해 일본인으로서 재일코리안에 대한 문화적 편견이 내재적으로 작동하고 있다는 부정적 평가와 함께 접근 방법은 다르지만 가네시로 가즈키 원작의 핵심부분을 훌륭히 그려내었다는 긍정적인 평가가 존재한다.

GO
YOSUKE KUBOZUKA | KOU SHIBASAKI | SHINOBU OOTAKE | TSUTOMU YAMAZAKI
KAZUKI KANESHIRO | KANKURO KUDO | ISAO YUKISADA
WWW.GO.LYCOS.CO.KR

영화 〈GO〉

참고문헌

金城一紀(2000),『GO』, 講談社.

가네시로 가즈키 지음·김난주 옮김(2007),『GO』, 북폴리오.

이승진(2013),「가네시로 가즈키『GO』론 -경계의 해체인가 재구성인가-」『일본어문학』56, 한국일본어문학회.

이영미(2008),「가네시로 가즈키의 ≪고(GO)≫에 나타난 '국적(國籍)'의 역사적 의미」『현대소설연구』37, 한국현대소설학회.

이영미(2009),「소설의 영상화에 나타난 문화 소외의 문제-『GO』의 한일합작영화를 중심으로」『시민인문학』16, 경기대학교 인문과학연구소.

金城一紀·小熊英二(2001),「対談：それで僕は"指定席"を壊すために『GO』を書いた」『中央公論』116巻11号, 中央公論社.

斎藤賢史(2009),「原作小説と映画脚本からみる『GO』」『芸術学論叢』18, 別府大学文学部美学芸術史学科.

현대인의 외로움과 소통
히가시노 게이고 『용의자 X의 헌신』

히가시노 게이고 『용의자 X의 헌신』

작가 소개

히가시노 게이고東野圭吾(1958~)는 한국에서 가장 주가를 올리고 있는 소설가이다. 교보문고 집계를 보면 10위권 안에 반드시 한두 작품이 랭크되어 있다. 그의 소설은 영화로도 제작이 많이 되는데, 일본에서 제작된 예를 별도로 하고 한국에서 영화로 제작된 예만 봐도 〈백야행: 하야 어둠 속을 걷다〉(2009), 〈용의자X〉(2012), 〈방황하는 칼날〉(2014) 등이 있다. 〈백야행〉의 경우는 일본에 앞서 한국에서 먼저 영화로 나왔을 정도로 히가시노 게이고는 한국에서 인기 있는 작가이다.

히가시노 게이고는 고등학교 때 추리소설에 빠져, 1950~60년대에 사회파추리소설로 대중의 인기를 한몸에 받은 마쓰모토 세이초松本清張의 작품을 많이 읽었다. 오사카부립대학大阪府立大学 전기공학과를 졸업한 후에 회사에 근무하면서 추리소설을 썼다. 명문여자고등학교에서 일어난 사건을 추적한 청춘추리소설 『방과 후放課後』(1985)로 추리소설상으로는 가장 권위 있는 '에도가와란포상江戸川乱歩賞'*을 수상하면서 명실공히 추리소설가로 이름을 올렸다. 이후, 『비밀秘密』(1999)로 '일본추리작가협회상日本推理作家協会賞'**을 수상하였고, 『용의자 X의 헌신容疑者Xの献身』

* 에도가와란포상

일본추리소설의 거장 에도가와 란포(江戸川乱歩, 1894~1965)가 기부한 돈을 토대로, 일본탐정작가클럽에서 에도가와 란포의 업적을 기리는 의미에서 '에도가와란포상'을 창설했다. 1955년에 1회 수상작을 낸 이래 매년 1회 상을 수여하고 있으며, 상금은 천만 엔이다. 추리 작가의 등용문으로 자리 잡았다.

** 일본추리작가협회상

일본추리작가협회에서 매년 4월에 수여하는 문학상으로, 1948년에 1회 수상작을 낸 이래 현재까지 이어지고 있다. 추리소설 관련 문학상 중에서 가장 오래되었으며 권위 있는 문학상으로 인정을 받았다. 본격추리소설, 사회파추리소설, 하드보일드, 서스펜스는 물론 모험소설이나 SF에 이르기까지 다양한 작품을 대상으로 상을 수여하고 있다.

(2006)으로 '나오키상'과 '본격미스터리대상本格ミステリ大賞'*을 수상하였다. 한편, 『나미야 잡화점의 기적ナミヤ雑貨店の奇蹟』(2012)과 같이 추리소설적인 요소가 약하고 초현실적인 시공간을 연출하는 미스터리적 성격도 초기 작품부터 보이는 경향이다.

이와 같이 히가시노 게이고의 소설은 범죄 추리 외에도 미스터리적인 요소나 휴머니즘의 따뜻한 분위기를 자아내는 작품이 많다. 특히, 이공계 출신답게 과학적이고 논리적인 추리가 돋보이는 부분이 매력적이다. 최근에 나온 작품을 보면 사건의 실마리를 바탕으로 추리하고 범인과 치밀한 두뇌싸움을 통해 사건을 해결해가는 본격추리소설적인 요소와, 사건이 일어난 사회적 배경과 문제점이 클로즈업되면서 범죄의 사회적인 측면을 드러내는 사회파추리소설적인 요소가 섞인 작품이 많아 독자를 매료시키고 있다.

* 본격미스터리대상

본격미스터리작가클럽이 주최하는 상으로, 본격미스터리 장르의 발전을 위하여 매년 6월에 상을 수여하고 있다. 소설과 평론·연구 부문을 나누어 2001년부터 상을 수여하고 있다.

작품 소개

『용의자 X의 헌신』은 히가시노 게이고의 추리소설에서 물리학자 유카와 마나부湯川学가 작중인물로 나오는 연작 미스터리 '갈릴레오 시리즈'의 세 번째 작품으로, 2003년부터 문예지 『올요미모노オール讀物』에 연재되었고 2005년에 문예춘추사에서 단행본으로 출판되었다. 작품의 줄거리는 다음과 같다.

평범하지만 천재적인 두뇌의 수학교사인 이시가미 데쓰야石神哲哉는 옆집으로 하나오카 야스코花岡靖子와 딸 미사토美里가 이사 오면서 매일 무료하게 보내던 일상이 달라진다. 그런데 하나오카 야스코는 전남편에게 시달린 나머지 미사토와 함께 전남편을 죽이고 만다. 옆집에서 이 사실을 알아차린 이시가미는 그녀의 범행사실을 은폐하는 것을 도와준다. 차분하고 냉철한 이시가미의 계획은 결점이 없어보였고, 형사도 야스코 모녀의 살인을 눈치 채지 못한다. 그런데 이시가미의 동창인 천재 물리학자 유카와 마나부는 이시가미와 이야기를 나누는 중에 이시가미가 하나오카 야스코에게 좋아하는 감정을 갖고 있음을 알게 되면서, 형사의 수사와 별도로 추리를 통해 마침내 이시가미가 어떻게 모녀의 알리바이를 만들었는지 트릭을 찾아낸다. 유카와는 자신이 사건의 전모를 알아냈다는 사실을 이시가미에게 밝히는데, 이시가미는 자신이 모든 범행을 저지른 것으로 일을 꾸며 경찰에 자수를 한다. 유카와는 하나오카 야스코에 대한 이시가미의 헌신적인 사랑을 안타까워하며 그녀에게 이시가미가 사건을 어떻게 꾸며 위장전술을 만들었는지 들려준다. 유카와의 설명을 들은 하나오카 야스코는 처음에는 무슨 말인지 이해를 하지 못했다. 그래서 유카와는 사건의 진상을 들려준다. 그녀는 드디어 사건의 전모를 이해하고 손으로 입을 막으며 매우 놀란 표정을 짓는다. 온몸의 피가 술렁대더니 갑자기 그 피가 썰물처럼 빠져나가는 듯한 기분이 되어 앉아 있기조차 고통스럽고 손발이 차가워지며 온몸에서 소름이 돋는다.

이시가미의 자신에 대한 헌신적인 사랑을 깨달은 하나오카 야스코는 자신만 행복해진다는 것은 무리라고 하면서 자신도 같이 벌을 받겠다고 한다. 이 말을 들은 이시가미는 그녀를 행복하게 해주고 싶었던 자신의 계획이 뜻대로 맞아 떨어지지 않아 고통스럽게 울부짖는다.

작품을 읽는 키워드

'헌신'을 강조하는 감성적인 추리소설

현대인의 외로움과 소통

소설 『용의자 X의 헌신』과 한국영화 <용의자 X>

'헌신'을 강조하는 감성적인 추리소설

'사랑'이나 '헌신' 같은 키워드는 문학에서는 매우 고전적이고 낭만적인 요소로, 현대문학에서 전면에 드러낸 작품을 찾아보기는 쉽지 않다. 그것도 범죄를 다루는 추리소설에서 이런 내용을 다루는 경우는 드물다. 『용의자 X의 헌신』의 마지막 부분은 작중인물의 감정이 폭발하는 장면이 매우 강한 여운을 남긴다. 다음은 유카와가 하나오카 야스코에게 이시가미가 한 일을 들려주며 이야기하는 장면이다.

> "그는 당신을 지켜주기 위해 큰 희생을 치르고 있어요. 나나 당신과 같은 보통 사람은 상상도 할 수 없는 희생을. 그는 아마도 사건이 일어난 직후부터 최악의 경우에는 당신을 대신할 각오를 굳혔을 겁니다. 모든 계획은 그런 상황을 전제로 만들어졌어요. 다시 말하면 그 전제만은 절대로 무너뜨릴 수 없어요. 그러나 그 전제는 너무 가혹합니다. 누구라도 흔들리지 않을 수 없는 그런 전제지요. 이시가미는 그것을 잘 알고 있었어요. 그래서 만일의 경우에도 절대 돌이킬 수 없도록 자신의 퇴로를 완전히 막아버린 겁니다. 그것이 이번 사건의 놀라운 트릭으로 나타난 겁니다."

즉, 이시가미는 혹시 일어날지도 모르는 경우의 수조차 차단해서 철저하게 하나오카 야스코를 위해 희생하는데, 이시가미의 이러한 '헌신'이 바로 사건의 트릭으로 작동하고 있는 것이다. 그렇기 때문에 이시가미의 하나오카 야스코에 대한 감정을 알아채고 나서야 비로소 유카와는 사건의 트릭을 풀 수 있었던 것이다. 이시가미의 헌신적인 사랑을 깨달은 하나오카 야스코의 감정과 이를 대하는 이시가미의 감정이 소설의 마지막 부분에서 격정적인 울부짖음으로 표현된다.

"죄송해요. 정말 죄송해요. 우리를 위해서……. 나 같은 사람을 위해서……."

그녀의 등은 격렬하게 위아래로 흔들렸다.

"무, 무슨 말을? 당신, 무슨…… 그런 이상한 말을……."

이시가미의 입에서 주문 같은 말이 새어나왔다.

"우리만 행복해진다는 건 무리예요. 저도 대가를 받겠어요. 벌을 받을래요. 이시가미 씨와 같이 벌을 받겠습니다. 제가 할 수 있는 일은 그것뿐입니다. 당신을 위해서 할 수 있는 일은 그것뿐입니다. 죄송해요. 정말 죄송해요."

야스코는 두 손을 바닥에 짚고 머리를 조아렸다.

이시가미는 고개를 저으면서 뒤로 물러섰다. 그 얼굴은 고통으로 일그러져 있었다.

그는 몸을 휙 돌리더니 두 손으로 머리를 감싸쥐었다.

우우우우우, 짐승처럼 울부짖었다. 절망과 혼란이 마구 뒤섞인 비명이었다. 듣는 사람의 마음을 마구 뒤흔드는 울림이었다.

위의 인용은 소설의 거의 마지막에서 나오는 장면으로, 이시가미의 비명이 계속되는 가운데 소설이 끝을 맺는다. 자신의 삶을 희생해 좋아하는 사람의 행복을 지켜주고 싶은 이시가미와, 그의 희생을 깨닫고 그의 고통을 나누려는 하나오카 야스코의 감정은 모두 사랑이라고 할 수 있을 것이다. 하나오카 야스코가 자수함으로써 결과적으로 그녀를 지켜주지 못한 이시가미의 고통이 고조되는 결말은 희생이라는 사랑의 감정에 대하여 생각해보게 한다.

현대인의 외로움과 소통

이시가미가 하나오카 야스코를 지켜주고 싶은 감정을 갖게 된 것은 그가 자신의 삶을 포기한 순간에 찾아왔다. 평소에 가깝게 지내는 사람도 없고, 과묵하고 늘 혼자서 수학문제 푸는 것만 정신을 쓰는 이시가미는 어느 날 자신의 무의미한 삶을 마감하려고 로프에 목을 매고 죽으려고 한다. 그런데 그 순간 도어벨이 울린다. 문을 열자, 하나오카 야스코 모녀가 이사 온 인사를 하기 위해 문앞에 서 있었다. 두 사람을 본 순간, 이시가미는 자신의 몸속에서 뭔가 불쑥 솟아오르는 느낌이 들었다.

정말 깨끗하고 아름다운 눈을 한 모녀였다. 그때까지 그는 어떤 아름다움에도 눈을 빼앗기거나 감동한 적이 없었다. 예술의 의미도 몰랐다. 그러나 그 순간, 모든 것을 이해했다. 수학문제가 풀려서 느끼는 아름다움과 본질적으로 같은 아름다움이 있다는 것을 알았

다.(중략)

하나오카 모녀를 만난 후로 이시가미의 생활은 완전히 바뀌었다. 자살충동은 사라지고, 살아가는 기쁨이 일었다. 두 사람이 어디서 무엇을 하는지 상상하는 것만으로도 즐거웠다. 세계라는 좌표에 야스코와 미사토라는 두 개의 점이 존재한다. 그에게는 그것이 기적처럼 여겨졌다.

누구와도 마음을 터놓고 지내는 사람이 없는 이시가미가 자살을 하려고까지 생각하는 모습을 통해 현대인의 '외로움'을 느낄 수 있다. 현대인은 매우 복잡한 인간관계와 사건이 많은 사회 속에 놓여 있지만, 진심으로 마음을 열고 자신의 감정을 서로 이야기할 수 있는 사람은 많지 않다. 이시가미도 수학의 추상적인 세계에서만 아름다움을 느끼고 바깥세상과 소통하지 못하는 인물이다. 이런 그에게 하나오카 야스코 모녀의 순수하고 밝은 목소리는 생에 대한 욕망과 삶의 활력을 주었을 것이다. 이시가미가 자신의 삶을 희생하면서까지 두 사람을 위해 범죄를 저지르는 행위에는 선악의 구분도 어떤 개인적인 욕망도 들어있지 않다. 그래서 '희생'으로밖에 표현할 수 없는 것이다. 이 소설에는 홈리스가 살아가는 풍경이 그려지는데, 현대사회의 외로운 사람들의 초상이지 않을 수 없다. 외로움의 극치에서 우연히 찾아온 만남과 생의 소통. 이시가미가 자신의 모든 것을 희생해서라도 두 사람을 지켜주고 싶어 한 감정은 이러한 극도의 외로움과 맞닿아 있는 감정이라고 할 수 있다. 『용의자 X의 헌신』은 현대인이 갖고 있는 외로움의 문제와 소통의 중요성을 느끼게 해주는 작품이다.

소설 『용의자 X의 헌신』과 한국영화 <용의자 X>

한국영화 〈용의자 X〉가 일본 소설과 다른 부분은 물리학자인 유카와가 등장하지 않는 점이다. 형사가 이시가미의 친구로 설정되어 사건의 트릭을 풀어간다. 천재 물리학자와 천재 수학자의 치밀한 두뇌싸움은 영화 속에서 그려지지 않는다. 소설과 영화는 매체가 다르기 때문에 표현할 수 있는 영역이나 방식도 달라질 수밖에 없다. 그런데 일본영화에서는 원작 소설이 대동소이하게 표현되고 있는 반면에 한국영화에서는 인물 설정부터 플롯의 전개과정, 주요 인물의 세세한 감정 표현에 이르기까지 많은 부분이 달라진다. 사건의 전모를 드러내는 과정도 일본의 소설이 추리 과정을 점차 드러내는 것에 비해, 한국의 영화는 어느 순간 일시에 사건의 전모가 드러나는 형식이다. 일본의 추리소설이 한국의 영화로 리메이크될 때 왜 이러한 변화가 나타나는 것일까?

한국인과 일본인의 감성이나 사고방식이 서로 다른 이유도 물론 있을 것이다. 그러나 더 근본적인 이유로 들 수 있는 것은 추리소설의 토양이 한국에 아직 정착되지 않은 점을 들 수 있다. 근대화가 빨랐던 일본은 메이지 시대 초기부터 서구의 추리소설이 번역과 번안을 통해서 다량으로 들어와 1880년대에 이미 에드거 앨런 포나 아서 코난 도일 같은 작가의 작품이 소개되었고, 1889년에 최초의 창작추리소설인 구로이와 루이코黒岩涙香의 『무참無惨』(후에 제명이 '세 가닥의 머리카락'으로 바뀜)이 나올 정도로 추리소설의 역사가 빨랐다. 이에 비해 한국은 일제강점기에 일본의 번역을 경유해서 서구의 추리소설이 들어와 식민지 조선에서 다시 번역되는 경우가 많았는데, 1920년대 후반이나 1930년대가 되어야 추리소설이 조금씩 퍼져갔다. 즉, 일본과 한국은 추리소설의 시작과 전개에 시간적 차이가 많이 난다. 더욱이 일제강점기나 전쟁, 독재와 민주화 등, 한국의 근현대사는 무거운 이슈로 점철되어 있었기 때문에 대중적인 흥미를 자극하는 추리소설이 뿌리내리기 어려운 상황이었다. 최근에 한국에도 추리소설이 조금씩 나오고 있지만, 대중성에 성공한 작품은 아직 나오지 않고 있다. 일본의 추리소설 시장은 매우 방대하고 탄탄하다. 한국의 추리소설이 일본의 시장으로 진출할 수 있다면 경제효과는 매우 클 것이다. 히가시노 게이고 같은 대 작가가 한국에서 탄생할 날을 기대한다.

작품 관련 콘텐츠

『용의자 X의 헌신』은 2008년에 도호東宝에서 니시타니 히로시西谷弘 감독이 동명의 영화로 제작하였다. 한국에서는 2012년에 방은진 감독이 〈용의자 X〉로 제작하였고, 중국에서도 2017년에 〈용의자 X의 헌신嫌疑人X的献身>으로 제작되어 인기를 모았다. 영화뿐만 아니라 일본에서 2009년과 2012년에 연극으로도 상연되었다. 추리소설은 범죄를 둘러싼 극적인 사건 전개가 영화의 소재로 활용되기 좋기 때문에 영화화되는 경우가 많은데, 특히 히가시노 게이고의 추리소설은 영화로 제작된 예가 많다. 소설과 영화라는 장르상의 차이뿐만 아니라, 일본영화와 한국영화를 비교해 봄으로써 한일 양국의 문화적 차이를 가늠해보는 것도 중요하다.

한국영화 〈용의자 X〉

일본영화 〈용의자 X의 헌신〉

참고문헌

東野圭吾(2008),『容疑者Xの献身』, 文春文庫.

히가시노 게이고 지음·양억관 옮김(2006),『용의자 X의 헌신』, 현대문학.

고려대학교 일본추리소설사전 편찬위원회(2014),『일본추리소설사전』, 학고방.

주혜정(2017),「한·일 영화의 감성 비교-『용의자 X의 헌신』의 영화적 재현을 중심으로-」『일본문화학보』74, 한국일본문화학회.

대중문학

07

서점대상

'서점대상本屋大賞'은 신간을 취급하는 서점(오프라인 서점, 온라인 서점 모두 포함)에서 일하는 점원들의 투표로 결정되는 문학상으로, 2004년 첫 시상을 하였고, 운영주체는 '서점대상 실행위원회'이다. 서점 점원이 과거 1년간 발간된 책 중 읽고 나서 '재미있었다', '손님에게도 권하고 싶다', '자기가 일하는 서점에서 팔고 싶다'고 생각한 책을 투표하여 선정한다.

이 상의 설립 취지에 대해 '서점대상' 홈페이지에서는 출판시장이 축소되어 가고 있는 상황에서 책과 독자들을 가장 잘 알고 있는 서점 점원이 잘 팔릴 수 있는 책을 소개해 출판업계에 새로운 흐름을 만들고 활성화시키기 위한 것이라고 말하고 있다. 이 상의 캐치 프레이즈는 '전국 서점원이 고른 가장! 팔고 싶은 책, 서점대상'이다.

평론가나 작가가 고른 것이 아니고 서점 점원이 투표로 선정하는 책인데다가, 영화화, 만화화되는 작품도 많아서 대중성이 높은 문학상이라고 평가받고 있다.

서점 대상을 받은 주요 작가와 작품으로는 제1회(2004년) 오가와 요코小川洋子『박사가 사랑한 수식博士の愛した数式』, 제3회(2006년) 릴리 프랭키リリー・フランキー『도쿄타워東京タワー』, 제6회 미나토 가나에(湊かなえ)『고백告白』, 제9회(2012년) 미우라 시온三浦しをん『배를 엮다舟を編む』 등이 있다.

오가와 요코小川洋子	『박사가 사랑한 수식博士の愛した數式』(2004)
미나토 가나에湊かなえ	『고백告白』(2009)

수식으로 풀어보는 인간의 사랑
오가와 요코 『박사가 사랑한 수식』

오가와 요코 『박사가 사랑한 수식』

작가 소개

오가와 요코小川洋子(1962~)는 1962년 오카야마현岡山県에서 태어났다. 어린 시절부터 책 읽는 것을 좋아했고, 고등학교 때 다양한 문학작품을 읽고 쓰는 일에 눈을 떠 문학가의 삶을 꿈꾸기 시작했다고 한다. 1980년에 와세다대학 제1문학부에 입학하였고, 곧바로 문학서클에 가입

하였다. 1986년에 결혼을 하고 이때부터 소설 집필을 시작하였다. 1988년「상처 입은 호랑나비揚羽蝶が壊れる時」로 가이엔신인문학상海燕新人文学賞을 수상하며 문단데뷔를 하였다. 1991년에는「임신 캘린더妊娠カレンダー」로 제104회 아쿠타가와상을 수상하였고, 2003년에 발표한『박사가 사랑한 수식博士の愛した数式』으로 2004년에 요미우리문학상, 서점대상을 수상하며 대중적인 인기를 얻었다. 2004년에는「브라만의 매장ブラフマンの埋葬」으로 이즈미교카문학상泉鏡花文学賞, 2006년에는「미나의 행진ミーナの行進」으로 다니자키준이치로상谷崎潤一郎賞, 2012년에는「작은 새ことり」로 예술선장문부과학대신상芸術選奨文部科学大臣賞을 수상하는 등 다수의 주요 문학상을 수상한 경력을 자랑한다. 2007년부터 아쿠타가와상 선고위원을 하고 있으며, 이외에도 다자이오사무상太宰治賞, 요미우리문학상, 가와이하야오이야기상河合隼雄物語賞 등의 선고위원을 맡고 있다. 일본프로야구 한신타이거즈의 열렬한 팬으로 알려져 있으며『박사가 사랑한 수식』에서도 한신타이거즈의 이야기가 소설 전개의 중요한 축을 이루고 있다.

작품소개

『박사가 사랑한 수식』은『신초新潮』2003년 7월호에 처음으로 발표되었고, 2003년 8월 29일에 신초사新潮社에서 단행본으로 출판되었다. 2004년 제55회 요미우리문학상을 수상하였고, 곧이어 2004년 제1회 서점대상을 수상하면서 화제를 불러일으켰다. 2006년 이 소설을 원작으로 한 영화가 개봉된다는 소식과 함께 2005년 12월 문고판으로 출판되었는데, 이 문고판은 발매 2개월 만에 100만 부를 넘는 판매고를 올리며 큰 인기를 얻었다.

『박사가 사랑한 수식』의 줄거리는 다음과 같다.

'나'는 아케보노あけぼの 가사도우미 소개소에 소속되어 10년이 넘게 일하고 있는 가사도우미로, 열 살짜리 아들을 하나 키우고 있는 미혼모이다. 내가 철들었을 때 이미 아버지는 어디론가 떠났고, 어머니는 홀로 나를 최선을 다해 키워주셨다. 그러다가 나는 고등학교 3학년 때 전기공학을 전공하는 대학생을 만나 임신을 하게 되었는데, 그 남자는 나를 떠나고, 화가 난 어머니와도 연락이 끊기게 되었다. 나는 어머니와 마찬가지로 홀로 아이를 낳아 키울 수밖에 없었다. 가사도우미로 일을 하면서 어느 정도 생활이 궤도에 오를 즈음 어머니와 화해를 했지만, 얼마 되지 않아 어머니는 그만 뇌출혈로 돌아가셨다.

박사와의 첫 만남은 1992년 3월의 일이었다. 내가 박사의 집에 파견되기 전 그 집에서는 아홉 번이나 가사도우미를 교체한 상황이었다. 걱정을 안고 면접을 보러 갔더니 어느 노부인이 나를 맞이하였고, 내가 해야 할 일을 알려주었다. 내가 담당해야 할 사람은 노부인의 시동생(남편의 동생)으로, 그는 17년 전인 1975년에 교통사고를 당해 뇌를 다쳐 기억이 80분밖에 지속되지 않는 병을 앓게 된 수학 박사였다. 박사의 모든 기억은 1975년에 멈춰 있고, 교통사고 이후의 기억은 최근 80분간의 기억 이외에는 하나도 남아 있지 않다.

박사는 일찍 부모를 여의었지만 부모님의 직물공장 사업을 물려받은 열두 살 차이 나는 형의 도움으로 영국 케임브리지대학에서 유학을 할 수 있었다. 박사는 박사학위를 받은 후 귀국하여 어느 대학의 수학연구소에 취직하였다. 이렇게 박사가 겨우 자립하기 시작했을 때 형이 그만 급성간염으로 죽게 된다. 남겨진 미망인(박사의 형수)은 직물공장을 정리하고 집세 수입으로 생계를 꾸려가게 된다. 그러다가 박사가 47세 때 그만 교통사고로 뇌를 다쳐 연구소 일을 그만두게 된다. 직업을 잃은 후 수학 잡지의 현상문제를 풀고 받는 약간의 상금 이외에는 수입이 없게 되고, 결혼도 하지 않은 박사는 64세가 될 때까지 형수의 도움을 받으면서 살고 있었던 것이다.

이렇게 기묘한 사연을 가지고 있는 박사의 집에서 해야 할 일은 의외로 간단했다. 노부인이 살고 있는 안채는 출입하지 말고, 박사가 살고 있는 별채로 출근하여 박사의 일만 도와주면 되는 것이었다.

박사와의 첫 만남에서 첫 질문은 신발 사이즈였다. 내가 24라고 대답했더니 박사는 24는 '4의 계승'이라고 대답하고, 계승이 무슨 뜻인지 묻는 질문에 박사는 '4의 계승'이란 4까지의 자연수를 모두 곱한 수, 즉 1×2×3×4를 의미하는 것이라 대답한다. 전화번호를 묻는 질문에 576의 1455라 대답했더니 박사는 5761455라면 '1에서 1억 사이에 존재하는 소수의 개수'라고 말한다. 이렇게 박사는 무엇이든 숫자와 관련된 질문을 하고 숫자와 관련된 이야기를 즐기는 사람이었다. 하지만 박사의 기억은 80분밖에 지속되지 않기 때문에 80분이 지나면 모든 기억이 지워진다. 다음 날 아침 출근할 때는 어제의 모든 기억이 지워져 처음 만나는 사람처럼 질문을 주고받는다. 박사는 지워지는 기억을 보완하기 위해 입고 있는 양복 곳곳에 메모를 적어 클립으로 고정시켰다. 수학 이론에 관한 메모들이 있었고, '내 기억은 80분밖에 지속되지 않는다'는 메모도 있었다. 박사 집에 다니기 시작한지 2주가 지난 후에는 '새 가정부'라는 새로운 메모가 소매 끝에 붙어 있었다.

그러던 어느 날 대화중에 나에게 열 살짜리 아들이 있다는 얘기를 들은 박사는 어린 아이를 혼자 두는 것은 결코 안 될 일이라고 하면서 아들이 하교하면 박사 집에 와 함께 저녁을 먹도록 했다. 양복 소매 끝에 달려 있는 '새 가정부'라는 메모에는 '와 그의 아들 열 살'이라는 메모가 덧붙여졌다.

박사는 아들을 처음 만난 날 반갑게 포옹을 했다. 그리고 아들의 정수리가 평평한 것을 보고 '루트(√)'라는 애칭을 지어주었다. 이후 박사와 아들은 함께 수학 숙제를 하고, 저녁을 먹으며 즐거운 시간을 보냈다. 아들은 한신타이거즈 팬이었고, 1975년에 기억이 멈춰있는 박사는 당시 한신타이거즈의 에이스였던 에나쓰 유타카江夏豊*의 팬이었다. 라디오로 야구중계를 듣고 싶었던 아들은 박사에게 라디오를 수리하자고 조르고, 박사는 수학문제를 낼 테니 이 문제를 풀면 라디오를 수리하겠다는 제안을 한다. 라디오를 수리하고 난 이후에는 야구 중계를 함께 듣는 저녁을 보내게 되었다.

라디오로만 야구중계를 듣는 아들과 박사를 위해 나는 1992년 6월 2일 열리는 히로시마와 한신 경기의 야구 티켓을 세 장 구입했다. 외출을 거의 하지 않고, 사람이 많은 곳을 힘들어하는 박사였지만 무사히 야구경기를 관람했고, 응원하던 한신도 기분 좋게 승리했다. 하지만 사람이 많은 곳에서 무리한 탓인지 그날 저녁 박사는 고열로 쓰러졌다. 나와 아들은 간병을 위해 박사의 집에 머무르기로 했다. 사흘이나 계속된 간병 끝에 열은 나흘 째 아침에 겨우 내렸다.

---

* 에나쓰 유타카(江夏豊, 1948-)

에나쓰 유타카 선수는 1967년부터 1975년까지 한신타이거즈의 에이스로 최고의 활약을 펼쳤다. 한신타이거즈 입단 다음 해인 1968년에는 시즌 25승으로 다승 1위, 지금도 일본 최고기록으로 남아 있는 401탈삼진을 기록했다. 1973년에도 시즌 24승으로 다승 1위와 노히트노런을 기록했다. 1976년부터는 난카이호크스(南海ホークス), 히로시마카프(広島カープ), 닛폰햄(日本ハム) 등 차례차례 팀을 옮겨 다녔고, 주로 구원투수로 활약했다. 1984년 세이부라이온즈(西武ライオンズ)에서 현역은퇴를 했다. 『박사가 사랑한 수식』에서 박사의 기억은 1975년까지이므로 박사는 에나쓰 투수가 한신타이거즈 소속으로 최고의 전성기를 누리던 모습까지를 기억하고 있는 것이다.

하지만 퇴근을 하지 않고 박사 집에 머물며 간호를 한 것이 가사도우미 업무지침을 위반했다는 이유로 나는 해고를 당하게 되는데, 알고 보니 노부인이 이 상황을 지켜보고 해고통보를 한 것이었다. 나는 해고통보를 받고 다른 곳에서 일을 하게 되었지만 아들 루트는 박사와 함께 책을 읽고 싶다는 이유로 박사에게 놀러 간다. 루트가 박사의 집에 출입을 한 것이 문제가 되어 노부인이 나를 불러 항의를 하게 되는데, 루트가 있는 가운데 노부인이 나를 질책하고 내가 노부인에게 항변을 하는 와중에 박사가 "아이를 괴롭히면 안 돼!"라고 말하며 '$e^{\pi i} + 1 = 0$'이라는 수식을 적어 식탁 위에 올려놓고 나가버렸다. 모두가 조용해졌고 더 이상의 다툼은 없었다.

이 사건 이후 나는 다시 박사의 집에서 일하게 되었다. 박사가 적어 놓은 수식은 오일러* 공식이었는데, 오일러의 공식이 무엇을 의미하는지 도서관에 다니면서 조사했고, 그 의미를 이해하게 되자 오일러 공식의 아름다움에 감동하게 된다. 그리고 나는 도서관에서 박사가 교통사고를 당하던 날의 신문기사를 찾아보았다. 알고 보니 박사가 교통사고를 당했을 때 조수석에 타고 있던 사람은 노부인이었다. 또 박사가 야구카드를

* 레온하르트 오일러(Leonhard Euler, 1707-1783)
오일러는 스위스의 수학자, 물리학자이다. 18세기 수학계의 중심적인 인물이다. 말년에는 시력을 완전히 잃었지만 강인한 정신력으로 계속 연구를 한 것으로도 유명하다. 해석학, 수론, 기하학, 수리물리학 등에 큰 업적을 남겼다.

모아 놓은 상자를 열어보다가 안쪽에 숨겨져 있는 박사의 논문과 논문 페이지 사이에 끼워져 있는 흑백 사진을 발견하게 된다. 사진 속 박사 옆에 기대고 있는 여자는 바로 노부인이었고, 논문 표지에는 '영원한 내 사랑 N에게 바침. 당신을 잊어서는 안 될 사람으로부터'라는 문장이 있었다.

1992년 9월 11일, 루트의 열한 번째 생일과 박사가 수학 잡지 현상 문제에서 1등상 차지한 것을 함께 축하하기로 약속하고, 나와 루트는 박사에게 박사가 가지고 있지 않은 에나쓰 선수의 야구카드를 구해 선물로 주기로 한다. 박사가 가지고 있지 않은 에나쓰 선수의 야구 카드는 거의 없었고 이를 위해 나와 루트는 각고의 노력을 한다. 에나쓰 선수의 야구카드를 겨우 구하고 맞이한 9월 11일 파티. 케이크를 떨어뜨리는 해프닝은 있었지만 수수하고도 가장 기억에 남는 파티를 했다. 박사는 루트에게 야구글러브를 생일선물로 주었다. 다만 박사의 기억은 80분에서 점점 짧아져 얼마 지나지 않은 것도 기억하지 못할 정도로 망가져 버렸다. 이제 1975년 이후를 조금도 기억하지 못하는 상태가 되어 박사는 요양원에 들어가게 되었다. 나와 루트는 그 이후에도 한 달에 한 번씩 요양원에 있는 박사에게 면회를 갔다. 그리고 이런 면회는 박사가 죽을 때까지 몇 년이고 계속되었다. 루트는 그 사이 중학교, 고등학교, 대학을 졸업했고, 박사에게 받은 야구글러브를 오랫동안 사용했다. 루트가 스물두 살을 맞이한 가을, 그것이 마지막 면회였다. 마지막 면회 때 나는 루트가 중학교 교원 시험에 합격했다는 사실을 자랑스레 박사에게 알렸다. 박사는 루트를 안으려고 했지만 힘이 없어 안을 수가 없었다. 대신 루트가 박사의 어깨를 껴안았다. 그때에도 박사는 에나쓰 선수의 야구카드를 목에 걸고 있었다. 야구카드 속 에나쓰 선수의 등번호는 완전수 28이었다.

작품을 읽는 키워드

상처를 안고 살아가는 사람들

야구와 숫자

'우리 만남은 수학의 공식'

상처를 안고 살아가는 사람들

『박사가 사랑한 수식』의 주요 등장인물들은 모두 저마다의 상처가 있지만 어둡지 않고 따뜻한 마음을 보여준다. 소설의 문체 또한 과도하게 심각하지 않고 담담하게 이야기를 전개해 나간다.

'나'는 아버지의 모습을 못 보고 자라났고, 본인 또한 미혼모가 되어 어머니의 기대를 저버리게 된다. 어머니와 겨우 화해를 하는가 싶더니 어머니가 뇌출혈로 돌아가셨다. 가사도우미 일을 하면서 아들과 많은 시간을 함께 하지 못하고 있지만, 아들을 키우는 것이 고통스럽다거나 세상일이 고되다는 이야기는 거의 드러나 있지 않다. 오히려 자신의 일에 대한 사명감과 박사를 향한 배려가 곳곳에 드러난다.

아들 루트도 아버지의 얼굴을 보지 못한 채 자라나지만 그 슬픔이 드러나는 장면은 거의 없다. 그 또래의 여느 아이들처럼 놀기 좋아하고 티 없이 자라고 있다는 인상을 준다. 또한 박사를 배려하는 모습은 한없이 어른스럽다.

박사는 젊은 시절 사랑했던 사람과 사랑을 이룰 수 없었고, 기억이 80분밖에 유지되지 않는 고통스러운 병을 앓고 있다. 그럼에도 불구하고 고통에 빠져 있는 모습보다 숫자를 이야기하면서 즐거워하는 모습을 더 많이 볼 수 있다. 이는 숫자와 인간에 대한 절대적인 애정에서 오는 모습이다.

이와 같이 『박사가 사랑한 수식』은 상처를 안고 살아가는 사람들의 이야기이지만, 어두움보다는 밝음과 따뜻함이 더 인상적인 소설인데, 이는 서로가 서로를 의지하면서 상처를 보듬어주는 모습에 기인한다. 이러한 인간에 대한 애정은 '루트'라는 애칭에 함축되어 있다.

'루트(√)'는 기호의 모양처럼 아들의 정수리가 평평해서 붙여진 애칭이지만, 이 소설에서 박사는 루트에 대해 다음과 같이 이야기 한다.

'루트를 사용하면 무한의 숫자에도, 눈에 보이지 않는 숫자에도 제대로 된 신분을 부여할 수 있지'

'어떠한 숫자도 싫어하지 않고 자신 안에 감싸주는 실로 관대한 기호'

'루트 기호는 튼튼해. 모든 숫자를 보호해 주지'

이상에서 알 수 있듯이 이 소설에서 '루트'는 모든 것을 감싸주는 인간의 사랑을 의미한다. 박사가 아들 루트를 사랑하고 감싸주는 것도 그러하고, 박사와 내가 서로 배려하는 것이 그러하다. 소설의 마지막 장면에서는 성인이 된 루트가 쇠약해진 박사를 안아준다. 중학교 교원이 된 루트는 아마도 앞으로 많은 학생들을 껴안아 줄 것이다. 저마다의 상처가 있어도 서로가 서로를 보듬어 주는 등장인물들의 모습이 소설을 읽는 독자들에게 따뜻한 감동을 안겨준다.

야구와 숫자

모든 스포츠가 그러하겠지만, 특히나 야구는 숫자로 기록이 남는 스포츠이다. 승패, 승률, 게임차, 타율, 타점, 홈런, 평균자책점, 탈삼진, 세이브 등 숫자로 나타나는 팀과 선수들의 기록은 셀 수 없이 많다. 또한 야구는 다른 스포츠와 달리 거의 매일 시합이 열리기 때문에 일상생활 속에 녹아들어가 있다. 『박사가 사랑한 수식』에서는 라디오를 고쳐 일상적으로 한신타이거즈의 라디오 중계를 들으면서 생활하는 모습이 그려져 있다.

야구가 숫자의 스포츠라는 것은 이 소설에 더욱 잘 드러나 있다. 박사는 나와 루트와 함께 야구장에 가기 전까지 야구장에 가본 적이

한 번도 없다. 하지만 박사는 한신 타이거즈의 에이스 에나쓰 유타카 선수의 팬이다. 그것이 가능한 이유는 숫자와 기록으로 선수를 이미지 지을 수 있기 때문이다.

> 1948년5월15일, 나라현奈良県 출생. 좌투좌타. 179센티미터, 90킬로, 1967년 오사카학원고등학교에서 드래프트 1위로 한신 입단. 1968년에는 메이저리그 다저스의 샌디 쿠팩스Sandy Koufax가 가지고 있던 시즌 382개를 넘어 401탈삼진 세계신기록 수립. 71년 올스타전에서 9연속 삼진(그 중 8타자 헛스윙). 73년 노히트노런. 불세출의 천재좌완. 고고한 강속구 사우스포… (중략) 그의 유니폼에는 완전수 28이 새겨져 있었다.

박사가 가지고 있던 야구카드에 적혀 있는 프로필과 기록이다. 에나쓰 선수를 나타내는 프로필에 이렇게 많은 숫자가 적혀 있는 것을 보면 야구와 숫자는 떼려야 뗄 수 없는 관계에 있다는 것을 이해할 수 있을 것이다. 박사가 한 번도 본 적이 없는 에나쓰 선수의 팬이 될 수 있었던 것은 바로 이 숫자 때문인데, 그렇다면 여기에서 숫자는 바로 에나쓰 선수를 표현하는 '기호'라 할 수 있다.

또한 에나쓰의 등번호 28도 에나쓰를 표현하는 기호로서의 역할을 한다. 28은 완전수인데, 완전수完全數, perfect number란 자신을 제외하고 남은 약수의 합이 자기 자신이 되는 수를 말한다. 예를 들어 6(=1+2+3), 28(=1+2+4+7+14) 등이 완전수인데, 박사는 완전수를 '실로 완전의 의미를 체현하는 귀중한 숫자'라고 이야기 한다. 완전수 28을 달고 최고의 성적을 남긴 에나쓰는 박사에겐 그야말로 완벽한 선수였을 것이다.

박사는 숫자에 대한 이야기를 하면서 '신의 수첩에만 기록되어 있는 진리'를 발견하는 것이라 이야기 한다. 이와 같이 이 소설에서는 '신의 수첩'이라는 말을 비유적으로 자주 사용하면서 눈에 보이지 않는 진리에 관해 이야기한다. 박사는 눈에 보이지 않는 진리, 인간의 삶, 사랑 등의 추상적 개념도 숫자라는 기호를 통해 드러내 보이고 싶어 했던 것이다.

'우리 만남은 수학의 공식'

이 소설에서 나와 박사의 인연은 '우애수友愛数'로 표현된다. 나의 생일은 2월20일, 즉 220. 박사가 대학 시절에 부상으로 받은 손목시계에 새겨진 숫자는 284. '우애수'는 상대 숫자의 약수의 합이 자신의 수가 되는 것을 말한다. 다시 말해 220의 약수의 합은 1+2+4+5+10+11+20+22+44+55+110=284, 284의 약수의 합은 142+71+4+2+1=220, 이렇게 220과 284의 관계를 '우애수'라고 하는데, 이 소설 초반에 나와 박사가 우애수에 대해 이야기하는 장면은 나와 박사의 인연이 우연이면서도 필연이라는 것을 의미한다.

또 나와 미망인 사이의 갈등이 해소되는 결정적 장면에서 박사가 사용한 수식은 '$e^{\pi i} + 1 = 0$'이라는 오일러 공식이다. 여기에서 π는 원주율이고, i는 -1의 제곱근으로 허수이다. 그리고 e는 순환하지 않은 무리수로 자연로그이다. 그리고 다음과 같은 설명이 이어진다.

로그는 정수를 몇 제곱하면 임의의 수가되는가 하는 지수의 값이다. 다시 말해 정수는 '밑'이라 불리는데, 밑이 10인 100의 로그($\log_{10}100$)는 $100=10^2$, 즉 2가 된다.

보통 사용하고 있는 10진법에서는 10을 '밑'으로 하는 로그를 사용하는 것이 편리하므로 이것을 상용로그라고 하는데, 수학 이론에서는 e를 밑으로 하는 로그도 엄청나게 큰 역할을 담당하고 있다고 한다. 이것을 자연로그라 부른다. e를 몇 번 제곱하면 주어진 수를 얻을 수 있는가 하는 그 지수를 생각하는 것이다. 다시 말해 e는 '자연로그의 밑'이라는 것이 된다.

그리고 중요한 것은 e인데, 오일러가 산출한 것에 의하면,

e=2.71828182845904523536028……

라고 어디까지나 끝없이 계속된다. 계산식은 이 이야기의 복잡함과 비교해 보면 매우 명쾌하다.

$$e = 1 + \frac{1}{1} + \frac{1}{1\times2} + \frac{1}{1\times2\times3} + \frac{1}{1\times2\times3\times4} + \frac{1}{1\times2\times3\times4\times5} + \cdots$$

다만, 명쾌한 만큼 더욱 e의 수수께끼가 깊어진 것처럼 느껴진다.

대개 자연로그라 이름 붙였으면서 대체 어디가 자연이라 할 수 있

을까. 기호로 바꾸지 않으면 나타낼 수 없는, 아무리 큰 종이를 써도 다 쓰지 못하는, 마지막자리를 볼 수 없는 숫자를 밑으로 한다는 건 너무나 부자연스럽지 않은가?(중략)

오일러는 한없이 부자연스러운 개념을 사용하여 하나의 공식을 생각해냈다. 전혀 관계없어 보이는 수 사이에 자연스러운 연결을 발견했다.

e를 π와 i를 곱한 수로 거듭제곱하여 1을 더하면 0이 된다.

나는 다시 한 번 박사의 메모를 다시 봤다. 끝의 끝까지 순환하는 수와 결코 정체를 드러내지 않는 허수가 간결한 궤도를 그리면서 한 점에 도착한다. 어디에서도 원은 등장하지 않는데 예상치 못한 우주에서 π가 e의 자리로 내려와 부끄러움이 많은 i와 악수를 한다. 그들은 서로 몸을 기대고 가만히 숨을 죽이고 있는데, 한 사람의 인간이 단지 1을 더하는 순간, 어떤 전조도 없이 세계가 전환된다. 모두 0에게 꼭 안긴다.

오일러 공식은 어둠 속에 빛나는 한 줄기 유성이었다. 암흑의 동굴에 새겨진 한 줄의 시였다. 거기에 담긴 아름다움에 감동하면서 나는 메모용지를 정기권 케이스에 넣었다.

위의 인용에서 '예상치 못한 우주에서 π가 e의 자리로 내려와 부끄러움이 많은 i와 악수를 한다. 그들은 서로 몸을 기대고 가만히 숨을 죽이고 있는데, 한 사람의 인간이 단지 1을 더하는 순간, 어떤 전조도 없이 세계가 전환된다. 모두 0에게 꼭 안긴다.'라고 한 부분은 참 아름다우면서도, 나와 루트와 박사의 인연을 잘 설명해 주는 문장이기도 하다. 나와 박사는 어떠한 공통점도 없고, 박사의 기억이 80분밖에 지속되지 않아 매일 새로 만나는 사람처럼 인사를 주고받아야 하지만 서로를 보듬어 주는 친구가 되었다. 루트와 박사도 54살의 나이 차이를 넘어 서로를 보듬어 주는 친구가 되었다. e의 자리에 π가 i를 만나 수학의 공식을 이루듯, 이들 세 사람은 우연히 만났지만 필연인 인연이다. 박사가 숫자를 사랑한 이유, 그리고 박사가 알려준 수식에서 내가 아름다움을 발견하고 감동한 이유는, 바로 숫자와 수식에서 서로의 상처를 보듬고 감싸주는 인간의 인연을 발견했기 때문일 것이다.

방탄소년단의 세계적인 히트곡 〈DNA〉에 "우리 만남은 수학의 공식 / 종교의 율법 / 우주의 섭리"라는 가사가 있다. 노래를 듣다보면 가사도 리듬도 귀에 쏙 들어오는 부분인데, 이 가사의 의미는 『박사가 사랑한 수식』에서 말하는 '우연이면서도 필연인 인간의 인연'과 일맥상통한다. 이 소설을 읽고 나면 이 노래 가사의 의미가 더 깊게 다가올 것이다.

작품 관련 콘텐츠

〈박사가 사랑한 수식〉은 고이즈미 다카시小泉堯史 감독, 데라오 아키라寺尾 聰, 후카쓰 에리深津絵里 주연의 영화로 제작되어 2006년 일본에서 개봉되었다. 소설이 가사도우미 '나'의 시점으로 이야기가 진행되는 것에 반해 영화는 29세의 루트가 박사와의 추억을 이야기하는 장면에서부터 진행되는 것이 차이점이지만 전체적으로는 소설의 내용을 충실히 반영했다. 제30회 일본아카데미상 시상식에서 남자주연을 맡은 데라오 아키라가 우수남우상을 수상하였다.

영화 〈박사가 사랑한 수식〉

참고문헌

小川洋子(2003),『博士の愛した数式』, 新潮社
오가와 요코 지음, 김난주 옮김(2004),『박사가 사랑한 수식』, 이레
황봉모(2017)「오가와 요코(小川洋子)의「박사가 사랑한 수식(博士の愛した数式)」론」『人文研究』81, 영남대학교 인문과학연구소

배제의 논리가 지배하는 현대사회
미나토 가나에 『고백』

미나토 가나에 『고백』

작가 소개

미나토 가나에湊かなえ(1973~)는 1973년 히로시마현에서 태어났고, 무코가와武庫川여자대학 가정학부 피복학과를 졸업했다. 27세에 결혼 후 31세가 되는 해인 2004년부터 창작활동을 시작, 2007년에는 「성직자聖職者」로 제29회 소설추리신인상을 수상하였다. 2009년에는 「성직자」

가 포함된 연작소설 『고백告白』이 2009년 제6회 서점대상을 수상하고 일약 인기작가로 발돋움하게 된다. 『고백』은 2010년에 나카시마 데쓰야中島哲也 감독에 의해 영화화되었고, 그 해 일본영화 흥행수입 7위를 기록할 정도로 인기를 얻었다. 영화의 인기와 함께 『고백』은 누적 300만 부 이상의 판매부수를 기록하는 대히트작이 되었다.

이후에도 꾸준히 집필활동을 계속하여, 2012년에는 「망향, 바다의 별望郷、海の星」로 제65회 일본추리작가협회상(단편부문)을 수상하였고, 2016년에는 『유토피아ユートピア』로 제29회 야마모토슈고로山本周五郎상을 수상하였다.

작품 소개

『고백』은 총 6장 구성으로 된 소설이다. 제1장 「성직자」는 잡지 『소설추리小説推理』 2007년 8월호에 실렸고, 제2장 「순교자殉教者」는 잡지 『소설추리』 2007년 12월호에 발표되었다. 제3장 「자애자慈愛者」는 잡지 『소설추리』 2008년 3월호에 발표되었다. 제4장 「구도자求道者」, 제5장 「신봉자信奉者」, 제6장 「전도자伝道者」는 2008년 후타바샤双葉社에서 단행본으로 출간될 때 처음 발표되었다.

이 소설의 줄거리는 다음과 같다.

제1장 성직자

S중학교 1학년 B반. 종업식 날 담임 모리구치 유코森口悠子는 학생들에게 교사를 그만둔다는 선언을 한다. 그리고 가장 이상적인 교사로 유명한 사쿠라미야桜宮 선생님에 대해 언급한 후 자신은 그런 선생님은 되지 못했다고 이야기 한다. 그런 다음, 자신의 딸 마나미가 수영장에서 익사하였고 범인 둘은 바로 이 반 학생 중에 있다고 말한다. 하지만 범인은 13세이기 때문에 형사 처벌 대상이 아니다. 그래서 경찰에 알리지 않았으며, 대신 범인 A와 B에게 HIV에 감염된 남편의 피를 섞은 우유를 마시게 했다는 이야기를 한다.

제2장 순교자

2학년 B반의 반장 미즈키가 모리구치 유코 선생님에게 보내는 편지 형식.

1학년 B반 학생들은 그대로 2학년 B반이 되었다. 1학년 종업식 때 모리구치 유코 선생님의 이야기가 있었고, 그 이후 새학년을 맞이한 B반의 분위기는 어딘가 이상했다. 범인 A 와타나베 슈야는 계속 학교에 나왔지만 범인 B 시타무라 나오키는 그 이후 한번도 학교에 나오지 않았다. 이러한 사실을 모르는 신임 열혈 교사 베르테르(데라다 요시키)는 매주 금요일 무리해서 반장과 함께 나오키의 집을 방문했고, 이는 사태를 더욱 악화시킬 뿐이었다. B반 학생들은 슈야, 나오키, 그리고 반장인 나를 이지

메하기 시작했다.

제3장 자애자

시타무라 나오키 누나의 시점으로 이야기가 진행된다.

나오키는 자신의 어머니를 살해했다. 어머니의 일기장을 살펴보니 그 이유를 알 수 있었다. 모리구치 유코가 찾아와 나오키가 자신의 딸 마나미를 살해했음을 알리지만, 아들에게 무조건적인 사랑을 쏟던 어머니는 나오키의 잘못을 탓하지 않고 오히려 나오키를 감싼다. 1학년 종업식을 마치고 난 후 나오키는 결벽증에 걸린 것처럼 행동한다. 그러던 어느 날 나오키는 피범벅이 된 손으로 편의점의 물건을 만지는 일을 저지른다. 자신이 모리구치 유코의 딸을 살해했다는 자책감과 에이즈에 걸렸을 거라는 공포심 때문에 저지른 일이었다. 이렇게 정신적으로 고통을 느끼는 와중에 반 아이들로부터 '살인자'라는 메시지를 받고 나오키의 마음은 더 큰 수렁에 빠지게 된다.

제4장 구도자

시타무라 나오키의 시점. 모리구치 유코의 딸 마나미를 살해하게 된 경위, 어머니를 살해하게 된 경위가 드러난다.

나오키는 중학교에 입학하고나서 대인관계에 어려움을 느끼는데, 그렇게 자신감을 잃어갈 무렵 우등생인 슈야가 말을 걸어와, 둘은 슈야가 발명한 전기충격장치로 마나미를 혼내줄 작전을 세운다. 인형 속 전기충격장치를 만진 마나미는 쓰러지고, 목표를 달성했다고 생각한 슈야는 나오키에게 '등신'이라며 자존심을 상하게 하는 말을 하고 자리를 뜬다. 하지만 마나미는 아직 죽지 않았다. 나오키는 자존심을 회복하기 위해 슈야가 실패한 것을 내가 이룬다는 생각을 하며 마나미를 수영장에 빠뜨린다.

제5장 신봉자

슈야의 시점.

슈야의 어머니는 일본 유수의 대학에서 전자공학 박사과정을 밟고 있던 총명한 사람이었다. 하지만 슈야의 아버지는 시골 전파상 주인에 불과하다. 슈야의 삶의 기준은 어머니였다. 하지만 슈야 때문에 꿈이 좌절되었다고 생각한 탓인지 어머니는 슈야에게 손찌검을 하게 되었다. 이러한 학대가 원인이 되어 아버지와 어머니는 이혼을 하게 되고, 아버지는 새어머니와 재혼을 한다. 이후 슈야는 유명해져서 친어머니를 다시 만나려는 마음을 가지게 된다. 충격지갑을 발명해 전국대회 3위에 입상했으나 친어머니로부터 연락은 없다. 그러자 슈야의 마음은 비뚤어져 살인사건을 일으켜 친어머니의 관심을 끌려는 생각까지 하게 된다. 그래서 마나미를 전기충격장치로 살해하려는 계획을 실행에 옮기고, 또한 굴욕을 당했다는 이유로 반장 미즈키를 살해한다. 이후 슈야는 친어머니가 일하는 대학교까지 찾아가지만, 어머니가 새 가정을 꾸리고 임신까지 했으며, 더 이상 자신을 찾지 않는다는 사실을 알게 되자 어머니에 대한 복수로 학교에 폭탄설치를 한 후 대규모 살인을 일으키려고 마음먹는다.

제6장 전도자

모리구치 유코가 와타나베 슈야에게 전화를 걸어 이야기하는 형식.

제1장에서 언급했던 사쿠라미야 선생님은 바로 자신의 남편임을 밝힌다. 그리고 모리구치 유코는 슈야가 학교에 설치한 폭탄을 해체하고 대신 슈야의 어머니가 근무하는 곳에 폭탄을 설치한다. 폭탄이 터진 후 모리구치 유코는 이야기한다. '어떤가요. 와타나베 군. 이것이 진정한 복수이자, 와타나베 군의 갱생을 향한 첫걸음이라고 생각하지 않나요?'

작품을 읽는 키워드

 # 고베연속살인 사건과 소년법

 # 시점의 이동

 # 복수와 갱생

고베연속살인 사건과 소년법

이 소설 제1장 모리구치 유코가 종례시간에 학생들에게 이야기하는 장면에서 다음과 같은 내용이 나온다.

> 여러분 연령제한에 대해 어떻게 생각하나요?
>
> 예를 들어 술이나 담배는 몇 살부터 할 수 있을까요? 그래요, 니시오西尾 군, 스무 살부터예요. 알고 있으면 됐어요. 스무 살이라고 하면 성인식이에요. 매년 똑같이 과음을 하고 난동을 부리는 갓 성년이 된 사람들을 텔레비전 뉴스를 통해 볼 수 있는데, 왜 그 사람들은 이때다 싶어서 술을 마시는 걸까요? 물론 미디어가 부추기는 것이 원인 중 하나이겠지만, 만일 '술은 스무 살부터'라고 하는 제한이 없다면 그렇게까지 떠들썩할까요? 마시는 것을 법률로 허락하는 것만으로 마시는 것을 장려하고 있는 것은 아니에요. 그럼에도 불구하고 연령제한은 마시고 싶지는 않지만 마시지 않으면 손해라는 기분을 부추기는 데 일익을 담당하고 있는 것은 아닐까요? 그렇다고 해서 또 제한이 없으면 취해서 학교에 오는 학생이 있을지도 몰라요. 여기 학생들 중에도 제한 같은 거 완전히 무시하고 친척 아저씨한테 권유 받아 술을 마신 적이 있는 학생도 분명 있을 거예요. 행동을 개인의 윤리관에 맡긴다는 것은 역시 이상으로만 존재하는 것이겠지요. (중략)

여러분은 소년법을 알고 있나요?

소년은 미숙하고 발달 도중에 있으니까 국가가 부모를 대신해 최선의 갱생방법을 생각한다고 해서 내가 십대 때에는 16세 미만의 소년은 살인을 저질러도 가정재판소가 인정하면 소년원에조차 들어가지 않고 끝났어요. 아이가 순진하다니 언제 적 이야기인가요? 소년법을 역이용해서 90년대 14세, 15세 아이들이 저지른 흉악범죄가 빈발했어요. 여러분이 아직 두세 살이었을 때 이야기입니다만, 'K시 아동살상사건'을 알고 있는 사람도 많을 거예요. 범인이 성명문에 사용한 이름을 얘기하면 '아…… 그건가?'하고 생각나는 사람도 있을 거예요. 그런 사건들 때문에 세상에서는 소년법 개정 논의가 활발하게 일어났어요. 그리고 2001년 4월 형사처벌 대상 연령을 16세에서 14세로 낮추는 내용 등을 포함한 개정소년법이 시행되었어요.

여러분들은 13세이죠. 그렇다면 연령이란 대체 무엇일까요?

위에서 말하는 'K시 아동 살상 사건'은 1997년 일본을 떠들썩하게 만들었던 '고베연속아동살상사건'을 이야기한다.

1997년 5월 27일 아침 고베시 어느 중학교 정문에 남자 아이의 머리가 잘려 놓여있는 것이 발견되었다. 그리고 범인의 소행으로 보이는 성명문이 함께 있었다. 성명문에는 '자 게임은 시작되었습니다. 우둔한 경찰 여러분. 나를 막아보시죠. 나는 살인이 유쾌해서 견딜 수가 없어요.

사람이 죽는 것을 보고 싶어서 보고 싶어서 참을 수가 없습니다.' 등의 문장이 적혀 있었다.

이 사건은 잔혹한 살해 수법과 도전적인 성명문으로 전국을 떠들썩하게 했다. 범행 발생 후 약 한 달 후인 6월 28일에 범인이 체포되었는데, 범인은 놀랍게도 14세의 중학생이었다. 그리고 이 소년은 2명을 살해하고, 3명에게 중경상을 입힌 연속살상사건을 일으킨 범인이라는 것도 밝혀졌다.

위의 인용문에서 나와 있듯이 이 사건이 벌어진 1997년 당시에는 16세 미만 청소년은 형법죄의 처벌을 받지 않았다. 하지만 16세 미만 청소년의 범죄가 매스컴의 주목을 받게 되고, 청소년 범죄에 대한 비판여론이 고조됨에 따라 2001년 4월에는 형사처벌 대상 연령을 16세에서 14세로 낮추는 개정 소년법이 시행되게 된다.

형사처벌 대상을 14세로 낮추었지만, 이 소설은 '그렇다면 13세의 범죄는 어떻게 할 것인가?'하는 질문을 독자에게 던진다.

소년범죄를 일으킨 자를 갱생의 길로 이끌어 갈 수 있도록 노력해야 하는가? 아니면 사회로부터 격리시켜야 하는가? 한국과 일본, 양국 모두 청소년 범죄가 화두가 되고 있는데, 이러한 점을 볼 때 이 소설은 현대사회에 매우 중요한 시사점을 던지고 있다고 볼 수 있다.

그리고 일본사회가 2000년대 이후 형사처벌 적용 연령을 낮추고 있고, 여기에서 더 낮춰야 한다는 여론이 강해지고 있는 경향을 생각해 보면 현대사회는 포용사회보다는 배제사회로 변화하고 있다는 것을 알 수 있는데, 이 소설은 이와 같은 현상이 투영되어 있는 텍스트라 할 수 있다.

시점의 이동

이 소설에서는 시점인물이 모리구치 유코 → 미즈키 → 시타무라 나오키의 누나(시타무라 나오키 어머니의 일기) → 시타무라 나오키 → 와타나베 슈야 → 모리구치 유코의 순으로 바뀐다.

모리구치 유코의 이야기로 시작해서 모리구치의 유코의 이야기로 이야기를 닫는 구성은 문학에서 완성도를 높이기 위해 흔히 사용되는 수미상관首尾相關의 기법이며, 이 소설의 처음과 마지막에 위치하고 있는 모리구치 유코 시점의 이야기는 문제의 제시와 해결에 이르는 중심축을 이루고 있다.

그렇다면 이와 같은 시점의 이동은 어떤 효과를 가져오게 되는가?

먼저 이야기의 입체감을 더하게 되는 점을 들 수 있다. 다양한 시점인물이 등장하고 시점이 이동함으로 인해 현실세계가 그러하듯이 이야기 속 세계가 다양한 인물에 의해 구성되어 있음을 알려준다.

그리고 한 사람 한 사람의 행동에 그 나름의 사연과 아픔이 있음을 밝힘으로써 등장인물을 단순히 선인善人과 악인惡人으로 나눌 수 없다는 것을 이야기하고 있는데, 이는 '개인 차원에서 행해지는 복수는 과연 올바른가?'하는 문제의식과 연결된다.

복수와 갱생

소설에서 무고한 딸을 죽인 범인들은 13세이기 때문에 형사 처벌을 기대할 수 없다. 누가 봐도 마땅히 벌을 받아야 할 범죄자들이지만 현실적으로 그에 상응하는 처벌을 받을 것이라 기대하기 힘든 상황이 독자들을 답답하게 한다. 게다가 이러한 법체계를 누구보다도 잘 알고 이용하고 있는 것이 와타나베 슈야이다. 이렇게 돌파구가 보이지 않는 상황에서 모리구치 유코가 HIV 바이러스를 우유에 넣어 범인들에게 마시게 함으로써 이로 인해 시타무라 나오키가 번민과 고통에 빠져 스스로 파멸에 이르고, 범행의 주도자인 와타나베 슈야에게 가장 소중한 존재를 잃는 경험을 똑같이 안겨줌으로써 복수를 완성하게 되는 결말은 한편으로는 통쾌함마저 느끼게 한다.

하지만 이 소설에서 읽을 수 있는 것은 이것으로 끝이 아니다. 복수의 완성에 통쾌함을 느끼기도 하지만, 시타무라 나오키가 자신의 엄마를 죽인 후 유치장에서 환각에 빠지면서 '그럼 이건 꿈일까……. 그렇다면 빨리 잠에서 깨어 엄마가 만든 베이컨 스크램블 에그를 먹고 학교에 가야지'라고 되뇌이는 장면에서는 범인에 대한 동정심과 안타까운 마음이 절로 느껴진다

와타나베 슈야의 죄는 더욱 무겁다. 모리구치 유코의 딸 살인 사건의 주도자이면서, 자신을 이해하고 따르던 미즈키를 살해했다. 또 학교에 폭탄을 설치해 대규모 살인을 계획했다. 이러한 악행을 계속해 나갈 수 있는 것은 13세이기 때문에 형사처벌이 적용되지 않는다는 점을 와타나베 슈야가 잘 알고 있기 때문이다. 동정의 여지가 없는 인물이지만, 이러한 악행의 원인이 아버지에 대한 원망과 어머니의 부재, 특히 어머니가 나를 버렸을지도 모른다는 두려움에 기인한 것이라는 것이 밝혀지면서 독자들은 슈야를 조금은 이해하게 된다.

그렇다면 복수에 성공한 모리구치 유코는 어떠한가? 복수를 했다고 해서 죽은 딸이 돌아오지는 않는다. 범죄자의 목숨을 빼앗아도 원래대로 돌이킬 수 있는 것은 없다. 그런 의미에서 이 소설의 마지막 말은 의미심장하다. '어떤가요, 와타나베 군. 이것이 진정한 복수이자, 와타나베 군의 갱생을 향한 첫걸음이라고 생각하지 않나요?'

여기에서 '갱생'이라는 말을 한 것에 대한 의미를 생각해 볼 필요가 있다. 와타나베는 '갱생'이 의미가 없을 정도로 악한 인물로 그려져 있는데, 왜 '갱생'일까? 단지 비꼬는 의미일 수도 있지만, 이 소설에서 가장 이상적인 교사로 그려져 있는 사쿠라미야 선생을 생각해 보면 또 다른 의미를 발견할 수 있다. 사쿠라미야 선생은 젊은 시절 불량 그룹의 리더였고, 위험한 행동을 할 정도로 구제불능의 인물이었지만 이후에 '갱생'을 하여 지금은 모두의 존경을 받는 열혈 모범 교사가 되었다. 이것은 곧 누구에게나 '갱생'의 여지는 있다는 의미로도 읽을 수 있다.

본래 소년법에서 일정 연령 이하의 소년에게 형사처벌을 적용하지 않는 것은 소년범죄자에게 '갱생'의 기회를 주려는 법철학에 기인한 것이다. 현대사회가 소년 범죄자를 '격리'하려는 방향으로 여론이 환기되고 있는 것은 이제까지의 소년 범죄에 대한 관념, 사회 안전에 대한 관념 등에 변화가 오고 있음을 의미한다. 이 소설 마지막에 '갱생'이라는 단어가 사용되고 있는 것은 이러한 소년법을 둘러싼 '포용'과 '배제' 논리를 다시 고민해 봐야 한다는 의미로 해석할 수 있을 것이다.

작품 관련 콘텐츠

이 소설은 나카시마 데쓰야中島哲也 감독, 마쓰 다카코松たか子 주연으로 2010년 영화화되었다.

영화 시작 부분 종업식에서 이야기하는 선생님과 음산한 교실의 분위기가 인상적인 이 영화는 소설에서 말하는 교실 속 '이상한 분위기'를 특유의 색채와 BGM으로 표현해냈다. 제34회 일본아카데미상 시상식에서 최우수작품상, 최우수감독상, 최우수각본상, 최우수편집상 등 네 개 부분의 상을 거머쥐었다.

東宝
告白
娘を殺された女教師の、命の授業がはじまる
あのベストセラー×中島哲也監督=衝撃の驚愕の禁断の怒涛の極限のエンターテインメント!

영화 〈고백〉

참고문헌

湊かなえ(2010),『告白』, 双葉文庫.
미나토 가나에 지음·김선영 옮김(2009),『고백』, 비채.
남상욱(2014),「소년범죄 신화를 통해 본 포스트 고도성장기 일본사회의 변동 - 미나토 가나에 『고백』과 안전신화 붕괴 후의 일본 -」『일본학보』99, 한국일본학회.
남상현(2016),『일본의 소년범죄소설 연구:소년법 제정 이후의 변화양상을 중심으로』, 고려대학교 대학원 중일어문학과 석사학위논문.

대중문학

08

일본SF대상

1980년에 설립된 일본SF대상은 일본SF작가클럽이 주최하는 상으로 출판서적뿐만 아니라 애니메이션, 영화나 게임, 관련 제품까지도 선고의 대상으로 한다. 후보작 엔트리는 SF작가클럽의 회원뿐만 아니라 일반 독자들에게도 추천을 받고, 추천작 중 SF역사에 새로운 시각을 부여한 작품 등을 후보작으로 선정한다. 그 뒤 후보작 중 SF작가클럽의 회원만 투표하여 상위5개의 작품을 일본SF대상의 후보작으로 선정하고 마지막으로 선고위원회에서 최종 대상작을 선정한다. 제1회 수상작은 호리 아키라堀晃의『태양풍교점太陽風交点』이고 대표적인 수상작으로는 영화 〈일본침몰日本沈沒〉의 원작자로 유명한 고마쓰 사교小松左京의『수도소실首都消失』, 안노 히데아키庵野秀明의 〈신세기 에반게리온新世紀エヴァンゲリオン〉, 오시이 마모루押井守의『이노센스イノセンス』등이 있다.

이토 게이카쿠伊藤計劃 『하모니ハーモニー』(2008)

유토피아 혹은 디스토피아의 사회
이토 게이카쿠 『하모니』

이토 게이카쿠 『하모니』

작가 소개

도쿄 출신의 SF 작가로, 무사시노武藏野대학을 졸업한 뒤 2007년 『학살기관虐殺器官』으로 데뷔하였다. 그의 두 번째 장편소설인 『하모니ハーモニー』(2008)는 제30회 일본 SF대상을 수상하였으며 SF팬들이 선정하는 제40회 세이운상星雲賞 일본 장편 부분을 수상했다. 또 영문번

역판이 Phillip K. Dick Award의 Special Citation Award를 수상하는 등 다수의 수상으로 그 작품성을 인정받았다. 3년도 채 안되는 활동기간 동안 그는 장편 세편과 단편집 한권을 남기고 안타깝게도 2009년 34세의 나이에 폐암으로 요절하였다. 그가『하모니』이후 '전쟁'을 테마로 한 작품을 쓰고 싶다고 했던 꿈은 펼치지 못했다.『하모니』의 차기작은 사망하기 전 이토 게이카쿠가 써둔 서두 부분에 친한 친구인 소설가 엔조 도円城塔가 나머지를 덧붙여 완성하여『죽은 자의 제국屍者の帝国』으로 간행하였다. 이토 게이카쿠는 2천년대 일본 SF소설계를 대표하는 작가로서 높은 평가를 받고 있다

작품 소개

2008년에 발표된『하모니』는 이토 게이카쿠가 암과 싸우며 병실에서 집필한 작품으로 모든 인간의 신체정보가 철저히 관리되는 미래사회의 이야기이다. 이토 게이카쿠 본인도 언급했듯이『하모니』는『학살기관』의 속편격이기도 하다.

전세계에 핵탄두가 떨어지고 방사능으로 모두 암에 걸리게 된 대재앙 이후, 세계는 질병 그 자체를 없애버리기 시작했다. 그래

서 미래사회는 정부가 사라지고 의료합의공동체인 생부生府(바이가먼트)[*]가 인간을 관리하는 완벽한 의료복지사회가 되었다. 성인이 되면 몸속에 WatchMe라 불리는 체내감시시스템을 삽입하고 이 WatchMe는 끊임없이 신체의 항상성을 감시한다. 인체의 DNA 단위에 이르기까지 관리되는 덕분에 암을 비롯한 거의 모든 질병은 초기에 발견, 치료되고 사람들은 더 이상 병들지 않고 장수할 수 있게 되었다. 인간은 이 사회의 가장 중요한 '공적 리소스'이기 때문에 인간에게 악영향을 줄 수 있는 일체의 문서와 영상도 볼 수 없다. 마음의 건강도 함께 컨트롤되기 때문이다.

주인공은 '나' 기리에 투안霧慧トァン. 13년 전 그녀가 여고생인 시절부터 현재에 이르기까지 친구 레이카도 키안零下堂キアン, 미히에 미야하御冷ミヤハ, 그리고 워치미 개발 기술을 처음으로 이론화한 과학자인 '나'의 아버지 기리에 누아자霧慧ヌアザ를 둘러싼 이야기가 펼쳐진다.

고등학생인 미히에 미야하는 메디케어가 얼마나 위험한 시스템인지 이야기하는 것을 좋아했다. 그녀는 배려와 공동체의식이 넘쳐나는 이 사회에 숨막힘을 느끼고 자신의 신체가 오로지 자신의 의지하에 있다는 사실을 증명하기 위해 식사를 거부하는 방법으로 자살을 한다.

13년이라는 시간이 흐른 뒤 '나'는 세계보건기구 산하의 '나선

* 생부生府
생부의 일본어 발음은 정부(政府)의 일본어 발음과 같다. 바이가먼트는 bio + government를 뜻한다.

螺旋감찰관'이 된다. 나선감찰관은 바이가먼트를 유지하기 위한 활동을 주로 담당하는데, 기리에 투안은 감시의 눈을 피해 흡연과 음주를 즐기는 불건강한 생활을 하고 있다. 그러다 제재를 받고 일본으로 돌아가게 된 투안은 오랜만에 고등학교 때의 친구 레이카도 키안과 식사를 하던 중 레이카도가 자살하는 장면을 목격한다. 그런데 이 자살이 실은 동시대간적으로 발생한 세계동시자살테러 사건의 일환이며 전세계 6,582명이 자살을 기도하여 이 중 2.796명이 사망하는 사건이라는 것을 알게 된다. 자살을 감행하며 독백을 한 유일한 인물이 레이카도 키안이라는 사실을 알게 되자 투안은 배후에 누군가가 있다고 직감하고 수사에 돌입하게 된다. 그녀의 조사 끝에 드러난 배후는 바로 죽은 줄 알았던 미히에 미야하였다.

추적 끝에 미히에 미야하와 마주한 기리에 투안.

미히에 미야하는 이 사회가 원하는 가장 완벽한 인간을 추구했더니 영혼이 가장 쓸모없는 요소가 되었으며, 이러한 세계에 적응하지 못할 바에는 의식을 포기하는 편이 낫다고 주장한다. 그러면 하모니를 지향하는 이 사회에 진짜 하모니가 이루어질 수 있다는 것이다.

> 하모니가 바라는 뇌는 일체의 망설임을 배제한, 아니 없앤 인간이다.
> 망설임이 없으면 선택도 없다. 선택이 없으면 모든 일은 단지 존재할 뿐이다.

기리에 투안은 미히에 미야하가 바라던 세계를 실현하게 해주겠지만 그러한 사회를 미히에 미야하에게 주지 않겠다는 말과 함께 방아쇠를 당겨 그녀를 죽인다. 친구인 레이카도 키안과 아버지의 복수는 이로서 끝이 난다. 미히에 미야하는 자신의 의식이 끝나는 것을 지켜봐달라고 부탁하고서는 기리에 투안 앞에서 숨을 거둔다.

작품을 읽는 키워드

유토피아 혹은 디스토피아

『하모니』의 세계와 사회

유토피아 혹은 디스토피아

더 이상 질병으로 고통 받지 않고 모든 것이 배려로 이루어진 사회는 얼핏 보면 우리가 꿈에 그리던 유토피아일지도 모른다. 또한 인간의 정신건강까지 완전히 컨트롤되는 사회라면 더 이상의 고통도 없을 것이다.

미히에 미야하의 생각처럼 인간은 의식이 있기 때문에 다양한 감정을 느끼게 되니 차라리 없는 편이 나을지도 모른다. 그렇다면 그 상태를 궁극적인 행복이라고 할 수 있을까? 이토 게이카쿠는 이러한 '행복'이라는 관념을 모두가 일률적으로 받아들일 수밖에 없는 세상을 통해 유토피아의 임계점을 극명히 드러냈다고 할 수 있다.

> 일종의 해피엔딩이라고 생각하고 있지만 과연 정말로 그것이 좋은 것일까 하는 생각도 있습니다. 그것 말고는 다른 길을 찾지 못했을까?

이토 게이카쿠는 극단적인 세계 뒤에 오는 세상, 그 후의 세상을 그려내고 싶어했다. 『하모니』 속의 여고생은 아무도 질병으로 죽지 않는, 죽을 수 없는 세계에서 자살을 시도한다. 이러한 역설이 맞닿아있는 지점, 어쩌면 유토피아와 디스토피아가 교차하는 지점이라고 할 수 있다. 이토 게이카쿠의 언급처럼 세상이 어떻게든 좋은 방향으로 가고 있다고 생각하지만 정말로 그게 좋은 세상인지는 후세의 검증을 기다려야봐야 할 것이다.

『하모니』의 세계와 사회

이토 게이카쿠는 사망하기 전 마지막으로 도쿄 의과 치과대학에서 인터뷰를 했을 때 『하모니』의 세계는 우리가 살고 있는 바로 이 세계, 이 현실에 기반을 둔 작품이라고 이야기한 바 있다. 즉 『하모니』는 우리사회와 멀리 떨어진 미래의 이야기가 아닌, 현재 우리 사회에 기반을 둔 가까운 미래를 그려낸 것이다.

그렇다면 그가 그리는 사회는 무엇일까?

이토 게이카쿠는 동물로서의 인간이라는 부분의 논의가 공동체에 앞서 논의되어야한다고 주장하면서 "인간이 동물인 부분과 사회적인 존재인 부분을 어떻게 절충시켜 나가는가"에 대해 이야기하고 싶다고 했다. 현재 일본의 대중문화를 이해하는데 종종 언급되는 것이 바로 '세카이계'* 라는 개념이다. '세카이계'란 소위 이야기의 주인공과 연애상대라는 양자관계를 중심으로 작은 일상성의 문제나 감정적인 관계가 사회나 중간항 없이 세계의 위기, 세계의 종말과 같은 커다란 문제로 바로 직결되는 작품군을 가리킨다. 그런데 이토 게이카쿠는 '너와 나'가 아닌 제3자의 필요성을 언급한다.

> '너'와 '나'만으로는 세상이 존재할 수 없지 않을까 하는 생각이 들었습니다. '너'와 '나'에 간섭하는 제3자가 있어야 '세상'이라는 무대가 펼쳐진다고 생각합니다.

* 세카이계
아즈마 히로키(東浩紀)가 정리한 개념으로, 대표적인 작품으로는 <신세기 에반게리온(新世紀エヴァンゲリオン)>, <최종병기 그녀(最終兵器彼女)>, 신카이 마코토(新海誠) 감독의 데뷔작 <별의 목소리(ほしのこえ)> 등을 들 수 있다.

이토 게이카쿠는 바로 '사회'를 그려내지 않는 문화에 의구심을 표하고, '인간'을 바라보고 철저하게 사회를 그려내고 있다. 그가 그려내는 가까운 미래 '사회'는 안전을 담보로 하여 인간성이 훼손될 수 있는 사회이며, 인간의 의지가 통제될 수 있는 포스트휴먼적인 사회이다. 우리는 과연 이토 게이카쿠가 언급한 후세의 검증을 필요로 하는 사회를 맞이할 준비가 되어있을까?

작품 관련 콘텐츠

Project Itoh

이토 게이카쿠의 원작소설 3편을 극장 애니메이션화하는 일련의 프로젝트를 말한다. 엔조 도가 함께 작업한 〈죽은 자의 제국〉을 시작으로 〈하모니〉, 〈학살기관〉의 순으로 제작되었다. 〈죽은 자의 제국〉은 2015년 부천국제애니메이션 페스티벌에 초청되기도 했다.

애니메이션 〈죽은 자의 제국〉

애니메이션 〈학살기관〉

애니메이션 〈하모니〉

참고문헌

伊藤計画(2014),『ハーモニー』, 早川書房.

이토 게이카쿠 지음·임희선 옮김(2015).『세기말 하모니』, RHK.

신하경(2016).「이토 게이카쿠(伊藤計劃)와 '포스트 휴먼'적 근미래」『아시아문화연구』 41, 가천대 아시아문화연구소.

대중문학

09

야마모토 슈고로 상

'야마모토슈고로상山本周五郎賞'은 주로 대중문학이나 역사소설 분야에서 활약한 작가 야마모토 슈고로山本周五郎의 이름을 따서 대중성이 뛰어난 작품에 주는 상이다. 신초샤新潮社에서 주관하고 있다. 연 1회 선정작을 결정하며, 1988년에 수상작을 낸 이래 현재까지 이어지고 있다. 수상자에는 100만 엔의 상금이 주어지고, 수상작은『소설신초小説新潮』에 게재된다.

주요 수상작에 미야베 미유키宮部みゆき의『화차火車』(1992), 양석일梁石日의『피와 뼈血と骨』(1998), 오기와라 히로시荻原浩의『내일의 기억明日の記憶』(2005), 미나토 가나에湊かなえ의『유토피아ユートピア』(2015) 등이 있다.

미야베 미유키宮部みゆき	『화차火車』(1992)

운명의 불수레에 올라탄 여자
미야베 미유키『화차』

미야베 미유키『화차』

작가 소개

미야베 미유키宮部みゆき(1960~)는 일본 도쿄의 서민가인 고토江東 구에서 태어나 자랐다. 고등학교 졸업 후 법률사무소에 근무하는 중에, 23세 때부터 글을 쓰기 시작해 1987년에 단편「우리 이웃의 범죄我らが隣人の犯罪」로 '올요미모노추리소설 신인상'을 받으며 데뷔했다. 1989년에 『마술은 속삭인다魔術はささやく』로 '일본추리서스펜스 대상'을 수상했고, 1992년에 『용은 잠들다龍は眠る』로 제45회 '일본추리작가협회상 장편부문', 동년에 『혼조 후카가와의 이상한 책자本所深川ふしぎ草紙』로 제13회 '요시카와에이지 문학신인상'을 수상했다. 그리고 1993년에 『화차』로 제6회 '야마모토슈고로상'을 수상했다. 이후 한국에서 많이 알려진 대표작을 중심으로 소개하면, 1999년에 『이유理由』로 제120회 '나오키상'을 수상했고, 2001년에 『모방범模倣犯』으로 '매일출판문화상'을 수상했다. 이밖에도 시대소설에서부터 판타지, 추리소설에 이르기까지 다양한 장르에 걸쳐 문학성과 대중성을 인정받으며 왕성한 작품 활동을 보이고 있다. 미야베 미유키는 고도경제성장기에 사회파 추리소설*의 새로운 지평을 열었던 마쓰모토 세이초松本清張를 현대적으로 계승해 사회파 추리소설의 인기를 부흥시켰다.

* 사회파 추리소설
사회파 추리소설은 내용이 사건의 트릭을 해결해가는 데 중점이 있는 본격파 추리소설과 달리, 사건이 일어난 사회적 배경과 문제점이 클로즈업되면서 개인의 차원으로 수렴되지 않는 범죄의 사회적인 측면을 주시하여 현실의 사회문제를 드러내는 점이 특징이다. 마쓰모토 세이초(松本清張)의 『점과 선(点と線)』(1958)이 사회파 추리소설의 효시로 일컬어진다.

작품 소개

『화차火車』는 잡지 『소설추리小說推理』에 1992년 3월부터 6월까지 연재된 다음, 1992년 7월에 단행본으로 출간된 미야베 미유키宮部みゆき의 장편추리소설이다. 『화차』는 '주간문춘週刊文春 미스터리10'(1992)에서 제1위에 랭크되었고, 제108회 '나오키상'(1992) 후보에 오르지만 수상은 하지 못했다. 이는 『화차』에 대한 평가가 보는 관점에 따라 나뉘기 때문이다. 물증도 시체도 없는 살인사건에 범인으로 추정되는 여자가 소설의 마지막에 모습을 나타낸 순간 이야기가 끝나버리는 형식이 전형적인 추리소설의 형식을 취하고 있지 않은 점도 호불호의 평가가 나뉘는 지점이다. 그러나 제6회 '야마모토슈고로상'(1993)을 수상했고, 1988년부터 2008년까지의 미스터리물 중에서 가장 인기가 있었던 작품을 선정한 '이 미스터리가 굉장해! ~베스트 오브 베스트~ 순위'에서 당당히 1등에 뽑힐 정도로 『화차』에 대한 평가는 공인된 셈이다.

소설의 시간적 배경은 거품경제Bubble economy*가 붕괴되고 소비자신용의 비정상적인 팽창으로 다중채무자가 늘면서 개인파산이 잇따르던 1990년대 초이다. 채권 추심원에게 시달려 완전히 다른 사람으로 살아가기 위해 타인의 신분을 사칭하며 살아가는 한 여자를 형사가 쫓는 이야기로, 현대사회의 인간의 고독과 욕망, 그리고 범죄를 그리고 있다.

* 거품경제(Bubble economy)

일본은 한국전쟁 이후 샌프란시스코 강화조약을 통해 점령에서도 풀려났으며 전쟁 특수가 발생해 1950년대 후반부터 1960년대를 거쳐 1970년대 초반까지 경제적으로 급성장해갔다. 그런데 1973년과 1979년의 오일쇼크로 인해 세계경제가 위기를 맞이하면서 물가상승으로 인한 인플레를 막기 위해 미국은 1980년대 초에 고금리정책을 취했고, 이 때문에 미국의 제조업이 어려움을 겪는다. 이 기회를 노린 일본 기업은 미국 시장 진출에 대성공을 거두었다. 이에 미국은 무역수지 개선과 달러 안정화를 위해 1985년에 일본 엔화와 독일 마르크화의 평가절상을 유도하는 내용의 플라자합의를 이끌어낸다. 이후 수출이 어려워진 일본은 일시적인 불황이 찾아오고, 경기침체를 막기 위해 금리를 낮추고 대출을 확대하는 금융완화정책을 폈다. 그런데 실질적인 경기 회복 없이 시중에 자금만 넘쳐나는 상황이 되면서 이때부터 일본의 거품경제가 시작되었다. 이미 일본은 고령화사회로 진입해 있었기 때문에 늘어난 자금이 실물경제의 투자와 생산으로 이어지기 어려웠고, 그 대신에 부동산이나 투기성 시장으로 흘러들어가 거품은 계속해서 부풀었다. 이때가 바로 1989~1990년의 거품경제시기로, 비정상적으로 부동산가격이 폭등했다. 그러다 1990년을 변곡점으로 부동산 가격은 곤두박질쳤고, 은행에 대출금을 갚지 못하는 파산위기의 개인이 늘어났다. 이어 기업과 은행이 줄줄이 도산하면서 거품은 붕괴되었다. 거품경제 붕괴 후 일본인은 자신들이 겪은 10년을 모든 것을 빼앗겼다는 의미에서 '잃어버린 10년'이라고 불렀고, 경기침체가 장기화되면서 '잃어버린 20년'이라는 말도 나왔다.

소설의 줄거리는 다음과 같다. 형사 혼마 슌스케는 다리에 부상을 입어 휴직 중인데, 죽은 아내의 친척인 구리사카 가즈야가 사라진 약혼녀 세키네 쇼코를 찾아달라고 한다. 그녀는 신용카드를 발급받는 과정에서 과거에 법원에 파산 신청을 냈던 사실이 알려져 갑자기 모습을 감추었다는 것이다. 혼마는 그녀가 근무하고 있던 회사를 찾아가 이력서를 입수하지만 기재된 경력이 모두 허위였음을 알고, 파산신청을 의뢰한 미조구치라는 변호사를 찾아간다. 미조구치는 1980년대 소비자금융 대란 무렵부터 개인 다중채무자나 파산자 구제활동을 해온 변호사인데, 혼마가 내민 이력서의 사진을 보고 그녀는 세키네 쇼코가 아니라고 말한다. 그렇다면 '세키네 쇼코'를 사칭한 가즈야의 약혼자는 도대체 누구인가? 혼마는 진짜 세키네 쇼코의 행적을 쫓다보면 가짜 '쇼코'가 연결된 지점을 찾을 수 있을 것으로 생각한다. 조사를 통해 진짜 쇼코의 홀어머니가 1989년 11월에 계단에서 추락사하고, 사고무친의 쇼코도 1990년 3월 17일에 갑자기 사라진 뒤, 1990년 4월 1일부터 가짜 '쇼코'가 세키네 쇼코의 이름과 신분을 사칭해 살고 있다는 사실을 확인한 혼마는 가짜 '쇼코'가 진짜 세키네 쇼코의 모친을 먼저 살해해 쇼코를 신경 쓸 사람이 없게 한 다음, 쇼코도 살해했을 것으로 생각한다. 가짜 '쇼코'는 진짜 쇼코가 거품경제 시기에 소비자금융대출을 감당하지 못해 개인파산한 사람이었다는 사실을 미처 몰랐던 것이다. 누구를 찾아갈지 모르는 돌고 도는 운명의 불수레에 올라타고 만 '쇼코'를 생각하며, 혼마는 범죄가 멀리 있는 것이 아니라 자신이 현재 살고 있는 일상에서 언제 누구에게 일어날지 모르는 현상임을 느낀다.

혼마는 오사카의 통신판매 회사를 통해 '쇼코' 행세를 한 여자가 신조 교코였음을 알아낸다. 그리고 교코가 이곳의 고객정보를 빼내어 세키네 쇼코와 접촉하고, 그녀의 신분을 가로채기 위해 먼저 쇼코의 어머니를 살해했을 것이라고 추측한다. 어머니의 사십구재를 위해 찾은 공원 묘지에서 쇼코와 교코가 실제로 접촉한 사실을 알아낸 혼마는 신조 교코의 행적을 쫓기 위해 교코의 전 남편 구라타 고지를 찾아간다. 이곳에서 교코가 부모의 빚 때문에 추심원들에게 오랜 시간 괴롭힘을 당했고, 그로 인해 결혼생활도 얼마 가지 못했다는 사실을 알게 된다. 결국 세키네 쇼코와 신조 교코 모두 거품경제시기에 비롯된 사회문제 속에서 자신의 삶을 망가뜨릴 정도의 가혹한 족쇄에 얽혀 있었던 것이다. 혼마는 나고야에 사는 교코의 친구를 통해 쇼코의 어머니가 추락사한 날 교코가 나고야의 병원에 화상으로 입원해 있었다는 증언을 듣고, 교코가 쇼코의 어머니를 죽이지 않았다는 사실을 알게 된다. 그리고 교코가 빼낸 고객정보를 추적한 끝에 교코의 첫 번째 표적은 따로 있었고 그 언니를 먼저 죽이고 동생의 신분을 가로채려고 방화를 저질렀는데 뜻대로 되지 않던 차에, 두 번째 표적인 쇼코의 어머니가 죽었다는 정보를 입수하고 쇼코로 표적을 갈아탄 사실을 추리해낸다. 쇼코의 신분 가로채기에 실패한 교코는 처음 표적이었던 여자의 언니가 죽었다는 소식을 접하고 다시 그녀와의 접촉을 시도한다. 이 과정을 포착해 혼마는 마침내 신조 교코를 찾아낸다.

작품을 읽는 키워드

사건을 쫓는 형사
얽혀 있는 두 여자의 비극
돌고 도는 운명의 불수레 '화차火車'

사건을 쫓는 형사

『화차』는 다음과 같이 시작한다.

전철이 아야세 역을 벗어났을 무렵 비가 내리기 시작했다. 반쯤 얼어붙은 빗줄기였다. 어쩐지 아침부터 무릎이 욱신거린다 싶었다.

혼마 슌스케는 맨 앞 차량의 가운데 출입문 옆에서 오른손으로는 손잡이를 붙잡고, 왼손으로는 긴 우산을 짚고 서 있었다. 뾰족한 우산 끝을 바닥에 디디고 지팡이 삼아 서 있는 셈이다. 그런 자세로 창밖을 내다보고 있었다.

평일 오후 세 시, 조반 선 전철 안은 한가했다. 마음만 있다면 앉을 자리도 많다. 교복 차림의 여고생 두 명과 큼지막한 핸드백을 끌어안고 조는 중년 여자, 앞쪽 운전석 근처 문가에서 이어폰을 꽂고 음악에 맞춰 리드미컬하게 몸을 흔드는 젊은이…… 한 사람 한 사람의 세세한 표정까지 보일 정도로 승객은 몇 되지 않았다. 굳이 무리하면서까지 서 있을 필요는 없었다.

즉,『화차』의 시점인물은 혼마 형사로, 이야기의 시작부터 끝날 때까지 혼마의 시점으로 전개된다. 다른 남녀 주요 작중인물도 혼마의 시선을 따라 묘사된다. 혼마가 사건을 추적하는 과정을 따라가다 보면 범죄의 전말이 밝혀지고, 이를 통해 현대 일본사회의 문제가 드러나는 구조인 것이다. 소설이 한국영화로 만들어졌을 때 많은 각색이 일어났는데, 특히 형사의 역할과 비중이 축소되고 남녀 주인공의 연애에 초점이 맞춰진다. 그렇기 때문에 사건을 객관적으로 추적한 끝에 범죄의 동기가 사회문제와 관련되어 있음을 밝히고 현실사회를 비판하는 사회파 추리소설의 묘미는 사라져버린다. 사건을 관찰자적인 시선으로 추적하고 현대사회의 문제에 대해 객관적으로 보여줄 수 있는 혼마 형사의 시점이 축소되었기 때문이다. 고집스럽고 주위를 세심하게 관찰하는 혼마 형사의 인물설정과, 소설의 처음부터 마지막까지 혼마의 시선을 따라 이야기가 전개되는 소설의 구조는『화차』가 '사회파 추리소설'로서 갖는 기본적인 특징이라고 할 수 있다.

얽혀 있는 두 여자의 비극

소설이 영화와 다른 내용 중에 눈에 띄는 것은 여성 작중인물이다. 먼저, 영화 속에서는 교코 역할로 나오는 1명의 여자가 주요한 등장인물로 나오는 데 반해, 소설에서는 교코와 쇼코 2명이 이야기의 중심축을 이룬다. 이 차이는 매우 중요하다.

먼저 쇼코를 보면, 그녀가 겪은 개인파산은 소비자신용의 비정상적인 팽창에서 비롯된 것으로, 반드시 개인의 문제라고만은 할 수 없는 금융시장의 허상에 의한 것이라고 미조구치 변호사가 말한다. 즉, 그녀를 둘러싼 문제가 개인보다는 사회의 구조적인 측면에 의한 것이라는 점을 알 수 있다. 일본은 1960년대 고도경제성장기에 신용판매나 소비자대출 같은 소비자신용이 성립되어 1980년대 말에는 국민총생산보다 소비자신용의 성장이 더 클 정도로 거품현상이 일어난다. 그런데 무차별적인 과잉여신과 고금리, 과도한 수수료 등으로 신용대출이 늘어나고, 이로 인해 다중채무자가 늘어나면서 범죄를 양산하는 소비자신용의 산업구조가 만들어지기 때문에 개인의 결함만으로 단죄할 수 없는 측면이 있다는 것이다.

그렇다면 쇼코가 이러한 사회구조 속에서 개인파산 했다는 사실을 모른 채, 그녀를 사칭한 가짜 세키네 쇼코, 즉 신조 교코의 운명은 어떠한가? 교코의 아버지는 지방 기업의 직원으로 월급도 적은데, 주택경기에 편승하여 주택대출을 받은 결과 많은 빚을 졌고, 이후 빚쟁이에게 붙들려 어머니는 매춘과 마약을 강요당하다 죽고, 아버지와는 연락이 끊겼다. 교코는 결혼해서 혼인신고를 했지만, 이를 추적해낸 빚쟁이가 집으로 들이닥쳐 주위 사람들을 힘들게 했기 때문에 결국 이혼하고, 사람을 살해한 다음 그 사람의 이름을 사칭하여 살고 있는 것이다.

교코는 자신이 진 빚이 아니라 부모가 진 빚이 문제가 된 것이고, 쇼코의 경우는 그녀가 소비자신용 대출을 한 것이 원인이기 때문에 엄밀히 말하면 두 사람이 처해 있는 사정은 다르다. 그러나 크게 보면 두 사람이 짊어진 부채 모두 거품경제시기에 사회 전체적인 문제에서 비롯되었다는 의미에서 두 사람의 고통은 공통점이 있다. 그리고 이 고통은 삶을 망가뜨릴 정도의 가혹한 족쇄라는 점에서 혼마는 두 여자의 처지에 대해 동정한다. 두 여자의 삶은 애초에 별개의 것이 아니었던 것이다. 교코를 찾아내기 위해서는 그녀가 자신과 비슷한 처지의 여자라고 생각한 쇼코의 삶이 밝혀져야 하기 때문에 혼마 형사는 쇼코를 추적한 것이고, 결국 쇼코와의 접점에서 교코의 행적을 밝히게 된 것이다. 혼마가 두 여자를 오버랩시켜 동정하고 있는 이유도 두 사람의 비극적인 운명이 별개가 아님을 보여주고 있다.

> 당신들 두 사람은 같은 부류였다.
>
> 혼마의 뇌리에 스친 말은 그것이었다. 세키네 쇼코와 신조 교코 당신들 둘은 같은 고통을 짊어진 인간이었다. 같은 족쇄에 묶여 있었다. 같은 것에 쫓기고 있었다.
>
> 이 얼마나 잔인한 말인가. 당신들은 서로를 잡아먹은 것이나 다름없다.

혼마가 교코와 쇼코 두 사람을 오버랩시켜 동정하고 있는 이 장면은 두 여자의 비극이 한 사회 속에서 얽혀 있음을 잘 보여주고 있다.

돌고 도는 운명의 불수레 '화차火車'

혼마 형사는 가즈야의 약혼자가 '세키네 쇼코'의 이름과 신분을 사칭한 사실을 알아내고, 어떤 방법을 써서 가로챘는지 알아내기 위해 진짜 세키네 쇼코의 행적을 추적해가면 가짜 '쇼코'와의 접점을 찾을 수 있을 것으로 생각한다. 이 장면에서 소설의 제명인 '화차火車'라는 말이 나온다.

> "어떻게 찾을 거죠?"
>
> 이사카도 혼마처럼 창밖으로 시선을 던지며 물었다.
>
> "진짜 세키네 쇼코의 생활을 더듬어가볼 생각입니다. 그녀가 어떤 생활을 했는지, 어떤 상황에 처해 있었는지 알아내면 그녀의 신분을 가로채려 했던 여자의 존재도 자연스럽게 드러나겠죠."
>
> "파산한 여자 아닙니까. 생활이 꽤 어지러웠을 텐데. 조사가 잘 될까요?"
>
> 불안해하는 이사카에게 혼마는 미소를 지어 보였다.
>
> "글쎄요…… 그래도 그녀가 어떤 인간이었는지 알아내는 건 그녀로 변신하려던 여자를 알아내는 일과 연결될 겁니다. 일단은 거기에서 시작할 수밖에 없는 상황이고."

세키네 쇼코는 타인의 신분을 원하는 여자가 주목할 만한 뭔가를 가지고 있었을 것이다.

별안간 이사카가 노래하는 듯한 말투로 중얼거렸다.

"화차여……"

"화차?"

뒤를 돌아보며 고개를 갸웃거리는 혼마에게 이사카가 천천히 뒷말을 이었다.

"화차여, 오늘은 내 집 앞을 스쳐 지나, 또 어느 가여운 곳으로 가려 하느냐."

온화한 미소를 머금고 말했다.

"어젯밤에 집사람이랑 개인파산 얘기를 나누던 중에 문득 떠올랐어요. 옛날 노래예요. 『슈교쿠슈』에 있던가."

돌고 도는 불수레.

그것은 운명의 수레였는지도 모른다. 세키네 쇼코는 거기서 내리려 했다. 그리고 한 번은 내렸다.

그러나 그녀로 변신한 여자가 그것도 모르고 또다시 그 수레를 불러들였다.

'화차'는 '가샤かしゃ'로 읽도록 일본어 음독이 표기되어 있는데, 돌고 도는 운명의 불수레를 뜻하는 불교 용어이다. 인간의 죄와 죽음

의 문제를 불교적인 사상에서 이야기하는 말로, 작자 미야베 미유키는 '화차'의 의미를 '생전에 악행을 저지른 망자를 태워 지옥으로 실어 나르는 불수레'라고 소설의 첫머리에 적고 있다. 그런데 '화차'에 실어 나르는 망자는 반드시 "악행을 저지른" 자에 한하는 것은 아니다. '악'의 기준을 어디에 두고 볼 것인가에 관련되는데, 일본 고전에서는 시대에 따라 시체를 가로채는 '요괴'로서 '화차'를 인식하기도 하였다.

문제는 이 화차에 누가 올라탔는가 하는 점이다. 본문의 "화차여, 오늘은 내 집 앞을 스쳐 지나, 또 어느 가여운 곳으로 가려 하느냐(火車の、今日は我が門を、遣り過ぎて、哀れ何処へ、巡りゆくらむ)"라는 와카和歌*는 소설에서도 소개하고 있듯이 중세시대의 승려 지엔慈円의 시가집『슈교쿠슈拾玉集』에서 인용한 것이다. 이 노래에서 지옥행의 불수레에 올라타 버린 가여운 운명에도 동정이 느껴지지만, 이러한 불수레가 돌고 돌아 다음에는 누구를 찾아갈지 모른다고 하고 있는 대목이 더욱 섬뜩하게 느껴진다.

즉, 이 와카는 작중에 등장하는 두 여성의 비극적인 운명을 노래하고 있다. 세키네 쇼코를 먼저 불수레에 태웠지만, 또 누구에게 찾아갈지 모른다는 것은 신조 교코를 염두에 두고 있는 것으로 해석할 수 있다. 나아가 두 여자에게 일어난 일은 어느 누구에게도 일어날 수 있다는 암시이기도 하다. 두 여자가 처해 있는 문제는 거품경기와 붕괴 후의 사회 전

* 와카和歌

'와카'는 '5·7·5·7·7'의 음수율을 가진 일본의 전통적인 정형시가이다.

체적인 문제 속에서 일어나고 있는 현상이기 때문에 언제 누구에게든 일어날 수 있음을 보여준다.

작품 관련 콘텐츠

미야베 미유키의 『화차』는 한국에서 변영주 감독의 〈화차 Helpless〉(2012)로 영화화되었다. 영화진흥위원회Korean Film Council의 역대 박스오피스 집계에 의하면, 〈화차〉는 200만 명이 넘는 관객을 동원하여 300위에 랭크되어 일본추리소설의 한국영화 작품으로는 기록을 세웠다고 할 수 있다. 추리소설은 내용상의 극적 구성이 대중성을 확보하기 좋기 때문에 영화로 제작되는 경우가 많은데, 『화차』는 일본에서는 드라마로만 제작이 된 데 비하여 한국에서는 영화로 제작되어 흥행에 성공한 셈이다.

그런데 영화 〈화차〉는 등장인물부터 스토리나 구성, 결말에 이르기까지 소설과는 많이 다르다. 영화에서 신조 교코 역을 배우 김민희(차경선 역)가 연기하고, 약혼자인 가즈야는 이선균(장문호 역)이 맡았다. 그리고 혼마 형사는 조성하가 연기했는데, 중요한 세키네 쇼코 역이 영화에서는 부각되지 않는다. 따라서 같은 족쇄에 묶인 두 여자의 비극적으로 얽힌 운명이 영화 속에서는 전혀 그려지지 않고, 대신에 두 남녀 배우의 연애 감정이 부각된다. 그리고 혼마 형사의 역할도 영화에서는 매우 축소되어 있다. 범죄의 동기와 사회적 배경을 중요하게 그리는 사회파 추리소설에서는 범죄를 쫓는 형사의 관찰자적인 시각이 매우 중요한데, 영화에서는 사회파 추리소설의 성격이 약해진 것이다.

이는 소설에서 영화로 매체가 달라지면서 극적 효과를 높이려고 각색한 부분도 물론 있겠지만, 변용되지 않을 수 없는 이유도 있다. 그것은 무엇보다도 소설이 배경으로 하고 있는 일본의 1990년대 초반 상황이 한국과는 동시대적으로도 또 영화가 개봉된 2012년 상황으로도 재현하기 어려운 차이가 있기 때문이다. 이와 같이 서로 다른 문화가 접촉하면서 변용되는 이른바 '문화접변acculturation' 현상이 〈화차〉에서도 보인다고 할 수 있다.

한국영화 〈화차〉

일본 드라마 〈화차〉

참고문헌

宮部みゆき(1998),『火車』, 新潮文庫.

미야베 미유키 지음·이영미 옮김(2012),『화차』, 문학동네.

권희주·김계자(2018),「두 여자의 비극-일본의 사회파추리소설『화차』」『일본연구』, 고려대 글로벌일본연구원.

이애숙(2017),『일본명작기행』, KNOU PRESS.

라이트노벨

10

스니커대상

스니커대상은 라이트노벨을 대상으로 하는 공모신인문학상으로 가도카와서점角川書店이 주최한다.

1986년 9월 가도카와가 기획한 '판타지페어'의 성공이 밑받침이 되어 10대를 대상으로 하는 가도카와 스니커문고角川スニーカー文庫라는 레이블이 창간되었다. 가도카와 스니커문고는 큰 호응을 얻으며 스즈미야 하루히 시리즈를 비롯하여『로도스섬전기ロードス島戦記』,『이 멋진 세계에 축복을!この素晴らしい世界に祝福を!』 등 많은 히트작을 출간했으며 2018년에 30주년을 맞이하였다. 가토카와 스니커문고는 후지미 판타지아문고富士見ファンタジア文庫와 함께 라이트노벨의 근간을 이루는 데 큰 역할을 해냈다고 평가할 수 있다. 스니커대상은 판타지, 러브코미디, 호러, SF, 미스테리 등 장르를 불문하며 10대를 대상으로 하는 엔터테이먼트 작품의 응모를 받고 있다. 현재 대상, 우수상, 특별상이 있으며, 대상의 상금은 200만 엔이다. 스즈미야 하루히 시리즈의 작가 다니가와 나가루谷川流는 제24회 스니커대상의 선고위원이기도 했다.

다니가와 나가루谷川流 『스즈미야 하루히의 우울涼宮ハルヒの憂鬱』

문학의 미디어 믹스
다니가와 나가루 『스즈미야 하루히의 우울』

작가 소개

효고현兵庫県 출신의 라이트노벨* 작가로, 2003년 제8회 스니커대상 대상수상작『스즈미야 하루히의 우울』과 전격문고電撃文庫『학교를 나가자学校を出よう!1 Escape from The School』로 동시 데뷔하였다. 스즈미야 하루히 시리즈 중 첫 작품인『스즈미야 하루히의 우울』이 발간된 이래 2011년『스즈미야 하루히의 경악涼宮ハルヒの驚愕』(전, 후)까지 합계 11권이 시리즈로 출간되었다. 라이트노벨의 대표적인 성공작이라고 할 수 있는 이 시리즈 중『스즈미야 하루히의 경악』초판은 100만 부를 돌파하여 라이트노벨 역사상 가장 많이 팔린 초판부수라는 기록을 남겼으며, 중국, 한국, 홍콩 등지에서도 동시 발매되어 큰 화제를 모으기도 하였다.

* 라이트노벨

라이트노벨을 정의하는 것은 지금도 대단히 어려운 일이다. 라이트노벨이란 대체로 1980년대 말부터 1990년대 초엽에 등장한 가도카와 스니커 문고, 후지미 판타지아 문고에서 출간되고, 중고생을 타깃으로 한 읽기 쉽게 쓰인 오락소설을 지칭한다. 주로 애니메이션을 연상시키는 표지와 삽화가 들어간 회화 중심의 소설로 특정 레이블에서 출간되는 경우가 많다. 2000년대에 들어 더 이상 서브문예가 아닌 문학의 한 장르로 인정받는 추세이며 2000년대 중반부터 학계에서도 다양한 연구가 진행 중이다.

다니가와 나가루는 자신의 글쓰기에 대해 대사나 성격설정 보다는 지문을 통해 매력적으로 묘사하는 경향이 있다고 언급하였다. 또, 『스즈미야 하루히의 우울』의 표지와 일러스트를 담당했던 이토 노이지いとうのいぢ가 그린 완장을 차고 있는 하루히의 모습을 보고 재미있다고 생각해 추후 소설 속에 완장에 대한 묘사를 삽입했다고 『아사히신문朝日新聞』에서 밝힌 바 있다. 이처럼 라이트노벨에서는 글과 삽화는 대단히 유기적인 관계라고 할 수 있다.

평론가 오모리 노조미大森望는 작가 다니가와 나가루를 라이트노벨 세계에서 무라카미 하루키와 같은 위치를 점하고 있으며 이후의 작품에도 상당한 영향을 끼쳤다고 높게 평가하였다.

다니가와 나가루 『스즈미야 하루히의 우울』

작품 소개

『스즈미야 하루히의 우울』은 '스즈미야 하루히 시리즈'*의 첫 작품으로 제로년대의 대표적인 라이트노벨이라고 평가할 수 있다. 스즈미야 하루히 시리즈는 단순한 라이트노벨로 그친 것이 아니라 수많은 미디어믹스 작품들과 '하루히즘'이라는 용어의 탄생을 만들어낼 정도로 일본의 사회현상을 만들어낸 작품이다.

이 작품의 주인공 스즈미야 하루히는 미완성의 신적인 존재이지만 그 사실을 알지 못한다. 하루히는 중학생 때 야구장에 갔다가 수많은 관중 속에 있는 자신이 너무나도 평범한 존재에 지나지 않는다는 사실을 깨닫고 줄곧 지루한 일상에서 벗어나고 싶어한다. 하루히는 고등학교에 입학하여 반 배정을 받은 뒤 학우들에게 독특한 자기소개를 한다.

* 스즈미야 하루히 시리즈

순번	제목	출판년도
1	『스즈미야 하루히의 우울涼宮ハルヒの憂鬱』	2003. 06. 10
2	『스즈미야 하루히의 한숨涼宮ハルヒの溜息』	2003. 10. 01
3	『스즈미야 하루히의 무료涼宮ハルヒの退屈』	2004. 01. 01
4	『스즈미야 하루히의 소실涼宮ハルヒの消失』	2004. 08. 01
5	『스즈미야 하루히의 폭주涼宮ハルヒの暴走』	2004. 10. 01
6	『스즈미야 하루히의동요涼宮ハルヒの動揺』	2005. 04. 01
7	『미야 하루히의 음모涼宮ハルヒの陰謀』	2005. 09. 01
8	『스즈미야 하루히의 분개涼宮ハルヒの憤慨』	2006. 05. 01
9	『스즈미야 하루히의 분열涼宮ハルヒの分裂』	2007. 04. 01
10	『스즈미야 하루히의 경악涼宮ハルヒの驚愕』	2011. 05. 25

평범한 인간에게는 흥미 없습니다. 이 중 우주인, 미래인, 이세계인, 초능력자가 있다면 저에게 와주세요. 이상.

이 장면은 하루히라는 인물의 실체를 보여주는 유명한 대목이다. 세상에나! 이러한 자기소개에 경악을 한 것은 바로 같은 반 남학생 쿈キョン. 쿈은 하루히와 정반대로 평범한 일상 속을 담담하게 살아가는 인물이다. 특히 하루히의 괴이한 행동에 휘말리고 싶지 않은 작은 소망을 갖고 있다.

하루히는 지루한 일상을 벗어나기 위해 동아리를 만들기로 한다. 이름하여 SOS단! SOS단은 '세상을 크게 떠들썩하게 만들기 위한 스즈미야 하루히의 단'의 앞 머리글자를 딴 명칭으로, 우주인과 미래에서 온 존재, 그리고 초능력자를 찾아 같이 노는 것을 목적으로 한다. 하루히는 첫번째 부원으로 쿈을 강제로 섭외하였다.

여기에 2학년 교실에 멍하니 있다 끌려온 아사히나 미쿠루朝比奈みくる, 조용한 문예부원 나가토 유키長門有希, 전학생 고이즈미 이쓰키古泉一樹가 합류하여 5명의 SOS단이 갖춰진다.

어느 날 쿈은 나가토 유키에게 빌린 책 사이에 끼어있던 메모를 발견한다. 오후 7시 공원에서 기다리겠다는 메시지이다. 메시지를 확인할 때까지 나가토 유키는 매일 그 공원에서 쿈을 기다렸다.

학교에서도 말할 수 없는 중요한 이야기는 과연 무엇일까?

"이 은하를 통괄하는 정보통합사념체에 의해 만들어진 대유기 생명체 콘택트용 휴머노이드 인터페이스. 그게 나야"

"…………"

"나의 일은 스즈미야 하루히를 관찰해서 입수한 정보를 통합사념체에 보고하는 것."

정보통합사념체는 전 우주에 퍼져있는 정보계의 바다에서 발생한 초고도의 지성을 지닌 정보생명체이다. 정보통합사념체는 유기생명체 중 유일하게 의식있는 존재가 생겨난 지구를 관찰하던 중 이상한 정보폭발을 감지했고 그 중심에 바로 스즈미야 하루히가 있었다는 사실을 알게 된다. 아주 간단히 말해 나가토 유키는 우주인이라는 소리다.

이뿐만 아니라 아사히나 미쿠루는 실은 미래에서 온 정체불명의 여인이고, 고이즈미 이쓰키는 하루히를 감시하는 기관에 소속된 초능력자이다. 하루히가 애타게 찾던 외계인, 초능력자가 실은 하루히 때문에 SOS단에 모여 들었던 것이다.

그렇다면 스즈미야 하루히의 능력은 무엇일까? 스즈미야 하루히의 정신이 불안정해지면 바로 '폐쇄공간'이라는 것이 생겨나고 하루히의 우울이 커질수록 폐쇄공간은 점점 확장하여 현실세계를 집어삼켜간다. 또 폐쇄공간에는 '신인神人'이라 부르는 모든 것을 부숴버리는 파란 거인이 존재하는데, 이 파란 거인이 소멸돼야 폐쇄공간도 소멸된다. 즉 인류의 생존은 하루히의 우울을 어떻게 진정시키느냐에 달린 것이다. 고이즈미 이쓰키에게 이러한 진실을 듣게 된 쿈은 대단히 혼란스러워한다.

> 왜 나는 이런 기묘한 일에 말려든 거지? 백 퍼센트 순수한 보통 인간이라고. 갑자기 기묘한 전생을 각성하지 않는 한 이력서에 쓸 수 있을 만한 수수께끼 힘도 아무것도 없는 아주 보편적인 남학생이라고."

하루히의 무료함이 극에 달한 어느 날 쿈과 하루히는 불시에 폐쇄공간에 갇히게 된다. '신인'을 제압할 수 있는 고이즈미도 진입 불가능한 새로운 폐쇄공간이 생겨난 것이다. 이 공간에서 하루히는 지루한 일상을 탈출할 수 있다는 기쁨을 만끽하지만 폐쇄공간을 강력하게 거부하는 것은 바로 쿈이다.

> 있잖아, 하루히. 난 이 며칠 동안 꽤 재미있는 일을 겪었어. 너는 모르겠지만 실은 많은 사람들이 널 마음에 들어해. 세계는 널 중심으로 움직인다고 해도 과언이 아니야. 모두 널 특별한 존재라고 생각하고 있고 실제로 그렇게 행동했었어. 네가 모르고 있을 뿐, 세계는 확실히 재미있는 쪽으로 나아가고 있던 거야.

자신이 평범한 존재에 지나지 않는다고 지루해하던 하루히가 얼마나 특별한 존재인지, 세계의 중심에는 바로 '자신'이 있다는 존재의 의의를 쿈은 일깨워주고 있다. 그들은 결국 일상으로 돌아온다.

작품을 읽는 키워드

일상으로의 회귀

인간의 존재 탐구

일상으로의 회귀

우리는 언제나 일상으로부터의 탈출을 꿈꾼다. 판타지문학이 그 출발점이라고 할 수 있는 라이트노벨의 인기도 어쩌면 이러한 우리의 욕망을 대변해주기 때문일지도 모르겠다. 『스즈미야 하루히의 우울』도 외계인과 초능력자가 등장하는 판타지문학에 그 뿌리를 두고 있다. 그러나 이 작품은 극히 "일상"에 방점을 두고 있는 작품이다. 지극히 일상적인 공간인 학교에서 끝도 없이 재미있는 일을 찾아헤매는 하루히와는 달리 쿈은 평범한 일상을 담담하게 살아가는 인물이다. 이들은 공상세계의 체험을 통해 자신들의 관계성을 확인하고, SOS단이란 조직을 통해 그들의 집단성도 소중하게 생각하며 결국에는 현실로 돌아가는 것을 선택한다. 이들은 '폐쇄공간'에서의 경험을 통해 존재의 중요성, 일상생활의 즐거움, 동아리 구성원과의 인간적인 유대감을 잃고 싶어 하지 않는다는 사실을 깨닫는다. 특히 또 다른 주인공이라고 할 수 있는 쿈은 "이런 상태에 놓인 뒤에야 발견했어. 난 이러니저러니 해도 지금까지의 삶을 꽤 좋아했던 거야"라며 삶에 대한 열망을 담아냄으로써 하루히의 일상 회귀를 적극적으로 지지해주는 인물이라고 할 수 있다. 이 작품을 통해 큰 가치를 두지 않았던 우리의 일상을 다시금 고려해볼 필요가 있지는 않을까? 어찌보면 일상이야말로 진정한 판타지일지도 모른다.

인간의 존재 탐구

『스즈미야 하루히의 우울』은 SF적인 설정과 미스테리한 이야기가 혼재되어 있으나 지극히 철학적이며 인간의 삶에 대해 이야기하는 작품이다. 인간과 신의 존재에 대한 근본적인 질문을 던진다고 할 수 있다.

고이즈미 이쓰키는 하루히와 폐쇄공간에 갇힌 쿈에게 다음과 같이 이야기한다.

> 어쩌면 닫힌 공간이 된 건 지금뿐이고 그새 익숙한 세계가 될 겁니다. 다만 이쪽과 완전히 똑같지는 않겠지만요. 지금은 그쪽이 진실이고 이쪽이 폐쇄공간이라 할 수 있겠네요.

이는 폐쇄공간을 선택하면 폐쇄공간이 진실이 된다는 이야기로 즉 자신의 선택이 얼마나 중요한지에 대해 이야기하고 있다. 즉, 일상과 비일상의 문제를 떠나 우리가 존재하는 곳이 바로 진실의 공간인 것이다. 나아가 고이즈미 이쓰키는 우주 존재의 의미에 대해 "요약해서 말하자면 '우주가 마땅히 있어야할 모습을 하고 있는 것은 인간이 관측함으로써 비로소 그렇다는 것을 알았기 때문이다'라는 이론입니다."라고 이야기한다. 즉, 우주의 존재를 관측하는 존재가 있어야 비로소 우주는 존재할 수 있다는 철학적 해명이라고 할 수 있다. '신'적인 존재인 스즈미야 하루히 또한 그녀가 '신'으로서 존재할 수 있는 이유는 그녀를 지켜봐주는 '곤'과 SOS단이 있기 때문이다. 우리가 없다면 스즈미야 하루히도 절대 신이 될 수 없었을 것이다.

작품 관련 콘텐츠

스즈미야 하루히 시리즈의 미디어믹스[*]

스즈미야 하루히 시리즈는 애니메이션의 인기가 소설의 인기를 이끌었다고 할 수 있다. 오모리 노조미의 조사에 의하면 애니메이션이 방영되기 이전에 스즈미야 하루히 시리즈를 읽은 비율은 독자의 1할 미만이라고 한 바와 같이 작품의 인기 확산에 애니메이션은 큰 역할을 담당하였다. 동영상 사이트 니코니코동화ニコニコ動画에서는 2014년 9월27일부터 10월5일까지 특별편성으로 애니메이션 〈스즈미야 하루히의 우울〉 등을 무료 방송하였다. 이러한 무료상영은 애니메이션을 감상하게 함으로써 소비력을 자극하는 것이라고 할 수 있다.

『스즈미야 하루히의 우울』은 발행 이후 바로 방송국에서 애니메이션 오퍼를 받아 만화, 라디오드라마와 같은 미디어에 노출시킨 뒤 TV애니메이션 흥행에 정점을 이루게 하는 전략을 이용하였다. 이러한 미디어믹스 전략의 가장 중요한 원인으로는 TV애니메이션 제작환경의 변

---

* 미디어믹스

신문, 텔레비전, 주간지 등 복수의 매체로 동시에 선전하는 것에 의해 인지도를 높이는 수법을 가리킨다. 그러나 최근에는 '어떤 작품과 거기에서 파생된 작품군을 복수의 미디어매체로 전개하는 것'을 뜻한다. 특히 만화, 애니메이션, 게임, 라이트노벨 분야와 같은 '오타쿠시장'의 콘텐츠를 가리킨다고 할 수 있는데, 미디어믹스는 잠재적인 수요를 개척하는 마케팅 전략의 일환으로서 대단히 중요하다고 할 수 있다.

화를 들 수 있는데 일본에서는 디지털화에 의한 비용절감, 작품제작을 목적으로 출자를 모으는 제작위원회[*] 방식이 일반화되어 출자, 제작의 분산이 이루어지고 있다. 특히 '교토 애니메이션'이 제작을 담당하여 우수한 질과 새로운 구성으로 작품을 향유하는 즐거움은 배가되었다고 할 수 있다.

애니메이션 <스즈미야 하루히의 우울>

a. 랜덤접속이 가능한 서사

2006년 TV 애니메이션 〈스즈미야 하루히의 우울〉은 대단히 혁신적인 시간 전개를 선택해 방영하였다. 소설의 시간 흐름과 전혀 일치하지 않는 회차 배열로 시청자가 어느 편을 먼저 보더라도 충분히 독립적으로 즐길 수 있는 구성을 취한 것이다. '고독증후군' 전편 6화와 후편 8화 사이에 고독증후군과 관련없는 7화 '미스테릭 사인'편이 방영되었다. 또, 소설의 내용상 결론에 해당하는 것은 9화로, 애니메이션 최종화인 14화가 아니다. 소

---

* 제작위원회

영화, 애니메이션, 모바일콘텐츠산업의 영상작품 제작에서 볼 수 있는 형태로, 제작, 유통, 광고 등의 다양한 콘텐츠산업부분의 기업이 참여하여 특정 콘텐츠세계관의 전개를 목적으로 조직을 형성하고 출사나 콘텐츠 권리의 보유를 공동으로 하는 것이다. 제작위원회 시스템으로 인해 소프트제작부분에서의 다양성과 기업간 거래의 미디어믹스에 의한 수평적인 전개가 이루어져 다양한 원작을 근간으로 다미디어 전개가 실현되었다. 하나의 회사가 제작의 리스크를 안는 형태가 아니라 기업간 거래에 의해 복수의 기업으로 리스크를 분산시키는 이점이 있다.

설의 첫 시작과 결말의 순서까지도 섞여있는 이러한 작품 내 시간의 변경 방송은 리얼 시청자 중심의 텔레비전에 PC적인 논리얼한 방법을 부여한 것으로 텔레비전을 유사 PC화했다고 할 수 있다. 이러한 랜덤식 방영은 시청자들이 새로운 콘텐츠를 만들어내는데 일조하였다. 시청자는 스즈미야 하루히 시리즈라는 데이터베이스 속에 원하는 회차를 추출하여 배열하는 순서에 따라 새로운 작품 세계를 만들어낼 수 있기 때문이다.

b. 애니메이션의 세밀한 풍경묘사

『스즈미야 하루히의 우울』은 라이트노벨의 전형적인 특징인 지문이 적고 회화 중심으로 이루어진 소설로, 일반 소설보다 배경 설명이 부족하다고 할 수 있다. 그러나 애니메이션 〈스즈미야 하루히의 우울〉은 마치 신카이 마코토新海誠의 애니메이션 배경을 연상하게 하는, 실사와 거의 동일한 풍경으로 '성지순례'* 현상을 초래했다. 특히 '교토 애니메이

* 성지순례

어떠한 작품의 팬들이 그 작품의 배경이 되는 실제 공간을 직접 방문하여 간접경험을 하는 행위를 일컫는다. 스즈미야 하루히 시리즈의 배경인 효고현(兵庫県) 니시노미야시(西宮市)는 2014년 6월 스즈미야 하루히 시리즈의 인기로 애니메이션에 등장하는 시계탑을 복원하여 큰 화제를 모으기도 하였다. 작품에 등장하는 기카고등학교, 키페드림 등 독자들의 연이은 성지순례는 지금도 지속중이다.

히구치 히로유키(樋口ヒロユキ)는 작품의 성지순례 현상을 "허구를 현실화하고, 현실을 허구화하는 메타픽셔널한 행위"로 규정하기도 하였다.

션'은 항공사진을 이용한 실제 현실을 바탕으로 세밀하고 아름다운 영상을 탄생시켰다. 높은 이미지의 완성도를 자랑하면서도 현실을 참조항으로 뒀기 때문에 작품공간의 창조라는 부분에서는 비판을 받기도 하지만 이러한 시도는 현실을 판타지로 만드는 새로운 방법이라고 평가할 수 있을 것이다.

c. 애니메이션 ED곡 〈하레하레 유카이ハレ晴れユカイ〉 춤

애니메이션 말미에 ED곡이 흐르면서 작품의 주인공들이 맞춰 추는 춤 〈하레하레 유카이〉는 큰 반향을 불러일으켰다. 흡사 아이돌의 군무와도 같은 이 춤은 소설 속에 전혀 등장하지는 않는, 애니메이션에서만 볼 수 있는 것으로 속칭 '하루히 댄스', '하레하레댄스'라 불리며 사랑받았다. 이 춤의 유행은 아키하바라秋葉原에서 '경이적인 인원수로 하레하레유카이를 춤춘다 OFF'가 개최될 정도로 하나의 콘텐츠로 자리 잡을 정도이다. '하레하레유카이' 댄스의 확산에 큰 역할을 한 것은 바로 유튜브이다. '하루히 댄스'를 직접 추고 그 영상을 '하루히 댄스 춰봤다'라는 제목으로 업로드해 또 다른 하루히 붐을 만들어낸 것이다. 영상 속의 하루히와 그 친구들로 코스프레한 모습은 하루히를 현실로 소환하여 실체화하는 데 큰 역할을 했다. 『스즈미야 하루히의 우울』이 사회적 현상이 된 것은 유튜브에 업로드된, 패러디를 포함한 2000개가 넘는 비디오 클립에 기인한다고 할 수 있다.

d. 작품의 메타화

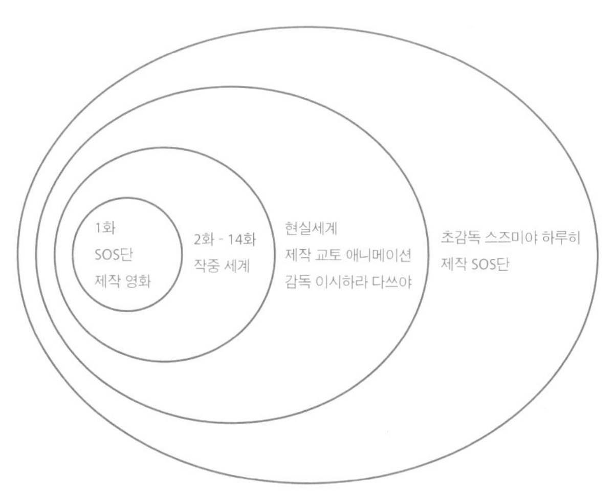

〈스즈미야〉 작품의 메타화

〈스즈미야 하루히의 우울〉의 감독은 이시하라 다쓰야石原立也인데 애니메이션의 자막에는 초감독을 스즈미야 하루히로, 제작 역시 SOS단으로 표기하고 있다. 2006년 TV 애니메이션 방영 당시 큰 화제를 모았던 것은 바로 1화가 SOS단이 학교 축제를 겨냥해 만든 영화라는 사실이다. 〈아사히나 미쿠루의 모험〉이라는 타이틀의 1화를 시청한 이들은 작품 속 주인공들이 영화 속에서 각자의 역할대로 연기하는 모습을 확인하면서 마치 학교 축제의 영화를 관람하는 시각으로 접근하게 된다. 애니메이션 안에 또 다른 이야기로 주인공들이 제작한 영화가 삽입되어 작품 내 세계를 복층화하고 있다. <스즈미야 하루히의 우울> 1화가 SOS단이 만든 작품의 이야기이고, 2화부터 14화까지는 애니메이션 초감독이 스즈미야 하루히가 되므로 이 이야기도 역시 메타이야기가 된다. 부분이 전체가 되고 이 전체가 다시 부분이 되는 꼬리에 꼬리를 무는 확장의 논법은 작품을 중층화하고 현실과 작중세계의 경계를 허무는 새로운 시도라고 평가할 수 있다. 일찍이 아즈마 히로키는『스즈미야 하루히의 우울』을 '메타 라이트노벨'이라고 평가하였는데 이는 SF적 캐릭터들이 갖고 있는 기본 데이터베이스적인 특징을 기반으로 SF이야기를 뛰어넘는 새로운 이야기를 만들고 있기 때문이다. 이와 같이 스즈미야 하루히가 다양한 콘텐츠로 재생산되고 있는 것은 이러한 메타이야기를 가능하게 하는 캐릭터와 스토리구조에 있다.

HARUHI
ISM

涼宮ハルヒの憂鬱
すずみやはるひのゆううつ

スニーカー文庫
30th
Anniversary

〈스즈미야 하루히의 우울〉

참고문헌

谷川流(2003),『涼宮ハルヒの憂鬱』, 角川書店.

다니가와 나가루 지음·이덕주 옮김(2006), 『스즈미야 하루히의 우울』, 대원씨아이.

양원석·권희주(2017), 「라이트노벨의 미디어믹스연구-애니메이션〈스즈미야 하루히〉를 중심으로-」『외국학연구』40, 중앙대 외국학연구소.

이선경(2016), 「'나'들의 연대기」『BOON』16호, RHK일본문화콘텐츠연구소.

東浩紀(2001),『動物化するポストモダン-オタクから見た日本社会』, 講談社現新書.

大森望 外(2011.06),『総特集 涼宮ハルヒのユリイカ!』(増刊号), 青土社.

田中絵麻(2009),「クールジャパンの産業構造: 製作委員会方式によるメディアミックスと多様性の並存』『社会·経済システム』30, 社会·経済システム学会.

「ハルヒが映す「自画像」ライトノベル代表作の世界観」『朝日新聞』(2011.05.31.).

라이트노벨 11

이 라이트노벨이 대단해! 대상

『이 라이트노벨이 대단해!』 2004년부터 간행되기 시작한 라이트노벨 가이드북이다. 이 잡지의 발행에 즈음하여 '좋아하는 작품', '좋아하는 여성 캐릭터', '좋아하는 일러스트레이터'에 관한 앙케이트를 실시해 그 순위를 발표하고 있다. 앙케이트를 실시한 2005년 첫 1위 작품은 다니가와 나가루의 '스즈미야 하루히 시리즈'였다.

'이 라이트노벨이 대단해!대상'은 2009년부터 잡지 『이 라이트노벨이 대단해!』가 선정하는 라이트노벨 신인상이다. 주로 10대를 대상으로 하며 장르를 불문하고 독창성과 엔터테이먼트성이 강한 작품에 수여된다. 원고의 분량은 400자 원고지로 약 280~470매 정도의 분량을 권고하고 있으며 대상의 상금은 500만 엔이고 초판 인세는 상금 안에 포함되어 있다.

노무라 미즈키野村美月	『"문학소녀"와 죽고싶은 광대"文学少女"と死にたがりの道化』(2006)

문학의 재구성- 공감의 문학으로
노무라 미즈키 『"문학소녀"와 죽고싶은 광대』

노무라 미즈키 『"문학소녀"와 죽고싶은 광대』

작가 소개

후쿠시마현福島県 출신의 라이트노벨* 작가로, 2001년 『아카기야마 탁구장에 노랫소리는 울려퍼진다赤城山卓球場に歌声は響く』로 데뷔

* 라이트노벨
본서의 249쪽의 설명 참조바란다.

하였다. 이 작품은 제3회 파미쓰ファミ通 엔터테이먼트대상 소설부문 최우수상을 수상하였다. 소녀소설풍의 작품을 많이 집필한다. 노무라 미즈키 본인은 '문학소녀' 시리즈*에 대해 "이야기를 해체하고 재구축하는 것에 의해 사건이 해결된다"고 밝히고 있듯이 기존의 작품에 대한 새로운 해석에 작품의 가치가 있다고 할 수 있다.

작품 소개

노무라 미즈키野村美月의 '문학소녀' 시리즈는 '이 라이트노벨이 대단해!'에서 2007년 8위, 2008년 3위, 2009년 1위, 2010년 3위에 랭크되며 2000년대 중반부터 장기간 큰 인기를 모은 라이트노벨이다. 동서양의 문학을 가리지 않고 문학의 고전, 명작을 쉽게 이해하도록 해설하여 독자의 폭을 넓힌 데 기여하고 있다. 오시마 다케시大島丈志는 "근대문학

* '문학소녀' 시리즈

	제목	출판년도
1	『"문학소녀"와 죽고 싶은 광대』("文学少女"と死にたがりの道化)	2006.04.28
2	『"문학소녀"와 굶주리고 목마른 유령』("文学少女"と飢え渇く幽霊)	2006.08.30
3	『"문학소녀"와 갇힌 바보』("文学少女"と繋がれた愚者)	2006.12.25
4	『"문학소녀"와 더러운 천사』("文学少女"と穢名の天使)	2007.04.28
5	『"문학소녀"와 통곡의 순례자』("文学少女"と慟哭の巡礼者)	2007.08.30
6	『"문학소녀"와 달과 꽃을 잉태한 물의 요정』 ("文学少女"と月花を孕く水妖)	2007.12.25
7	『"문학소녀"와 신을 마주한 작가』("文学少女"と神に臨む作家)	2008.04.28
8	『"문학소녀"와 신을 마주한 작가』("文学少女"と神に臨む作家)	2008.08.30

작품을 제재로 다루기에 새로운 독자를 창출해간다는 2중성을 갖는 시리즈"라 평가하며 근대문학작품을 안내하는 역할 또한 라이트노벨의 존재의의 중 하나라고 피력하였다.

문학소녀 시리즈는 '문학소녀'라는 여고생 캐릭터를 통해 알기 쉽게 문학을 설명, 전달하는 이야기로, 그 중 첫 작품인 『"문학소녀"와 죽고 싶은 광대』는 2006년에 파미쓰문고ファミ通文庫에서 발매되었으며 다자이 오사무太宰治의 『인간실격人間失格』*을 활용해 큰 반향을 얻었다.

이노우에 고노하井上心葉는 중학생 때 장난반으로 응모한 소설이 덜컥 문예잡지에서 대상을 수상하는 바람에 유명작가가 되었다. 여자가 쓴 소설이 더 잘 팔린다는 출판사의 권유로 졸지에 미소녀복면작가로 활동을 하게 된 그는 고등학교에서 진짜 문학소녀인 아마노 도코天野遠子 선배를 만나게 된다.

아마노 도코 선배는 책을 읽으면서 책장을 한 장 한 장 찢어먹는 버릇이 있다. 선배는 책마다 다양한 맛이 난다고 주장하는 책 미식가이다. 폴 갤리코의 단편집은 겨울 냄새가 나고, 피츠 제럴드는 캐비아를 샴페인과 함께 먹는 맛이며, 신인작가의 작품은 방금 딴 토마토나 오이맛이

* 『인간실격(人間失格)』
다자이 오사무는 5번의 자살 시도 끝에 죽음을 맞이했다. 『인간실격』은 서문과 3개의 수기, 마지막 후기까지 전부 5부분으로 나뉘어 있으며 그의 자살을 전후하여 차례로 연재되었기에 다자이 오사무의 유작이라고도 불리는 작품이다.

라고 주장한다.

어느날 도코 선배의 강요로 이노우에 고노하는 다케다 지아竹田ちあ의 러브레터를 대필하게 된다. 그녀가 연모하는 이는 궁도부의 3학년 선배 가타오카 슈지片岡愁二*.

이노우에 고노하는 같은 반 급우인 아쿠타가와芥川에게 가타오카 슈지 선배에 관해 묻지만 그런 사람 없다는 이야기를 듣게 된다. 이노우에 고노하는 조사 끝에 가타오카 슈지라는 사람은 궁도부뿐만 아니라 이 학교 자체에 존재하지 않는다는 사실을 알게 된다.

다케다 지아는 이노우에 고노하의 말을 믿지 않고 『인간실격』 사이에 끼워져 있던 것이라며 가타오카 슈지의 편지를 보여준다.

> 부끄러운 삶을 살아왔습니다.
> 저에게는 인간다운 부분이 없습니다.
> 저는 광대의 가면을 썼습니다.

* 가타오카 슈지
가타오카 슈지는 다자이 오사무의 본명인 쓰시마 슈지(津島修治)를 연상하게 한다. 등장인물인 아쿠타가와 역시 아쿠타가와 류노스케를 연상하게 하는 등, 이 작품에서는 소설가의 이름을 등장인물의 이름으로 사용하기도 했다.

이 구절을 본 아마노 도코 선배는 다자이 오사무의 『인간실격』을 패러디한 편지라는 사실을 알려준다. 그 편지는 가타오카 슈지라는 소년의 고백이자 참회록이었다. 가타오카 슈지는 그 편지 안에 자신의 광대짓을 알아챈 사람은 S라고 표기했다. S는 자신을 이해해주는 존재이면서도 파멸을 가져올 위험한 존재라고 썼다.

가타오카 슈지의 정체를 알기 위해 찾아간 궁도부에서 우연히 만난 마나베 선배는 '나'를 본 순간 가타오카 슈지와 닮았다며 깜짝 놀란다. 알고보니 가타오카 슈지는 과거 궁도부에서 활동했던 사람으로 10년 전 옥상에서 투신자살한 인물이었다. 그는 기지마 사키코城島咲子라는 여학생과 사귀었으나 그녀가 교통사고로 사망한 것이 그의 자살의 원인이 되었다는 사실도 알게 된다.

다케다 지아는 S가 누군지 알기 위해 가타오카 슈지의 이름으로 과거 궁도부 선배인 소에다에게 편지를 보내 옥상으로 불러낸다. 이를 모르는 소에다 선배는 '나'를 옥상으로 끌고 올라가 "네가 편지를 보냈지!"라며 멱살을 잡는다. 과거의 진실은 바로 이곳에서 전부 밝혀진다. 또 다른 궁도부 선배 리호코는 가타오카 슈지를 좋아했고 소에다는 기지마 사키코를 좋아하고 있었다. 이렇게 4명의 사랑이 얽혀있던 것이다. 리호코는 질투심에 사키코가 소에다에게 넘어가는지 아닌지 내기하자고 가타오카를 부추긴다. 결국 소에다의 고백을 받자 그에게 도망치기 위해 도로로 뛰어들었던 기지마 사키코가 죽음에 이르게 되었고 가타오카 슈지는 그녀를 죽음으로 내몰았다고 참회하고 있는 것이었다.

어느 날 이노우에 고노하는 『인간실격』 안에 다케다 지아가 쓴 3번째 수기노트를 발견하고 정신없이 옥상으로 달려간다. 친구의 죽음을 목격한 다케다 지아는 옥상에서 투신하려 하지만 이노우에 고노하는 그녀의 팔을 붙잡고 제발 죽지말아달라며 애원하여 그녀의 목숨을 구해 낸다.

작품을 읽는 키워드

문학작품의 힘-'공감'

치유와 구원의 문학

문학작품의 힘-'공감'

다변화되는 사회에서 문학텍스트의 가치가 점차 저하되고 특히 근대문학의 힘은 감소하고 있다. 우리가 왜 어려운 문학을 읽어야하는지에 대한 의구심마저 드는 요즘 노무라 미즈키는 오히려 문학의 중요성을 역설한다.

> 왜 다자이가 이정도로 사랑받고 있는가. 그건 독자가 다자이의 작품 속에서 자신의 고뇌와 아픔을 보기 때문이야.

아아, 이 마음 알아. 나도 그랬어. 이 사람은 나랑 똑같아…. 책을 읽으며 그런 식으로 생각한 적이 있을 거야.

『인간실격』의 주인공 요조葉蔵는 인간이 살아가는 세상과 전혀 '공감'을 하지 못하는 인물로, 세상에서 광대짓을 하며 살아가는 인물이다. 그러나 역설적이게도 우리는 인간과 '공감'하지 못하여 죽음으로 향해가는 요조에게 공감한다. 노무라 미즈키는 다자이 오사무의 최대의 마법을, 작자와 작품에 대한 '공감'이라고 강조하고 있다. "죽고 싶다, 차라리 죽고 싶다."라는 문장을 읽으며 "다자이는 이 문장을 어떤 마음으로 쓴 걸까? 난 지금 그와 대단히 가까운 곳에 서 있는 듯한 기분이 들어. 난 그 사람의 마음을 알 수 있어."처럼 그의 심정에 공감할 수 있다는 것이다. 이를 통해 다자이의 작품은 과거에 완료된 것이 아닌 현재성을 갖게 된다. 근대문학은 오래되고 사라진 이야기가 아닌 현재를 살아가고 있는 나의 고뇌를 충분히 대변해주고 있는 것이다.

치유와 구원의 문학

『인간실격』의 주인공 요조도, 다자이 오사무도 모두 자살한다. 그렇다면 우리가 그의 문학에 공감하는 것은 죽음과 직결되는 문제일까.

모든 것이 그저 흘러갑니다.

다자이도 『인간실격』에서 그렇게 말했어. 시간의 흐름은 인간에게 평등하게 주어진 치유이자, 구원인지도 모른다.

노무라 미즈키는 『인간실격』에서 치유와 구원을 찾고 있다. 즉 작품 속에서 문제의 '해결'이란 요조와 같이 끝없이 죽음으로의 귀결을 생각하는 것이 아닌, 누구나 고통을 안고 있다는 인식에 공감하며 다시금 살아가는 구원을 찾는 것이다. 단지 개인의 고뇌와 죽음의 문제로 끝나는 것이 아닌, 누구나 평등하게 주어진 구원의 문제로 파악함으로써 『인간실격』의 주인공 요조의 고민을 보편화시키고 있는 것이다. 즉 "문학소녀"는 『인간실격』과 달리 "일상세계에서 구제받아가는 이야기로 전환"시켰다고 평가할 수 있다.

네가 살아갈 이유를 찾는 걸 도울 테니까! 그러니까 죽는 건 조금만 더 기다려! 다시 한 번 살아! 살아가려고 해 봐! 함께 생각할게. 함께 고민할 테니까! 그거라면 나도 할 수 있으니까!

(중략) 하지만 그것만이 다자이의 전부가 아냐.

다자이의 작품에는 수줍음 많은 다정한 사람들이 수없이 등장해.

평범하고 마음 약하지만, 강해질 수도 있는 사람들이 수없이 많아.

노무라 미즈키는『인간실격』의 주인공 요조에게 맞추어진 포커스를, 작품 속에서 살아가는 개개의 등장인물들로 확장시켜 살아가는 모든 이들이 강해질 수 있다는 인식을 공유해나가고자 한다. 그리고 현재 우리가 '실존'해야만 하는 이유를 같이 고민해가자고 외치고 있다. 가상공간인 소설 속이지만 '나'의 고민을 공감하는 수많은 인물들이 현실의 '나'가 살아야하는 이유에 대해 말을 걸며 '함께' 살아가자고 이야기하고 있는 것이다. 수많은 '개인'이 '우리'가 되는 결론이다.

작품 관련 콘텐츠

"문학소녀"시리즈는 다양한 콘텐츠들이 재생산되었다. 원작인 라이트노벨뿐만 아니라 화집, 가이드북, 만화, 애니메이션, 라디오방송 등 미디어믹스를 활발하게 활용한 작품이라고 할 수 있다.

a. 극장판 애니메이션 〈문학소녀〉

극장판 애니메이션 〈문학소녀〉는 다다 슌스케多田俊介 감독의 작품으로 2015년 5월1일에 공개되었다. 이 작품은 제12회와 13회 부천국제애니메이션 페스티벌 장편 부분의 후보로도 선정되어 그 작품성을 인정받았다. "문학소녀" 시리즈의 다양한 작품을 재구성한 작품이다.

b. 다자이 오사무의『인간실격』리뉴얼

2007년 슈에이샤集英社에서는 다자이 오사무의『인간실격』의 표지를『데스노트デスノート』의 CD자켓 일러스트가인 오바타 다케시小畑健에게 의뢰해 리뉴얼하였다. 그러자 3개월만에 10만 부를 돌파하는 판매고를 기록했다. 슈에이샤의 문고편집부 이토 아키라伊藤亮는 이에 대해 “파멸적이며 아름다운『데스노트』와 다자이의 세계관은 통하는 것”이라 언급하며 근대문학에 다소간의 지식이 있는 사람들이 몰려 붐을 이루었다고 설명한다. 이러한 근대문학의 이해에 도움을 제공하는 ‘문학소녀 시리즈’의 흥행이 근대문학의 새로운 흥행으로 연결되고, 다양한 미디어와 접속하며 문학의 장을 넓혀가고 있다.

리뉴얼된 다자이 오사무의『인간실격』

문학소녀 극장판

참고문헌

野村美月(2006), 『"文学少女"と死にたがりの道化』, KADOKAWA.

노무라 미즈키 지음·최고은 옮김(2008), 『"문학소녀"와 죽고싶은 광대』, 학산문화사.

남유민(2016), 「라이트노벨 속 문학작품 수용에 관한 고찰 - <"문학소녀 시리즈>와 그에 대한 담론을 중심으로 -」『日本學報』 49, 단국대학교 일본연구소.

양원석·권희주(2016), 「새로운 문학콘텐츠, 라이트노벨의 가능성-『"문학소녀"와 죽고싶은 광대』를 중심으로-」『日本學研究』 109, 한국일본학회.

大島丈志(2013),「野村美月『"文学少女"』シリーズー『銀河鉄道の夜』から飛躍する文学少女」『ライトノベル研究序説』, 青弓社.

久米依子(2009), 「ライトノベルと近代文学は異なるか - 文学研究の新しい課題 - 」『昭和文学研究』, 昭和文学会.

鈴木章子(2008), 「ライトノベルに関する一考察 - 文学としてのライトノベル - 」『白百合児童文化』, 白百合女子大学児童文化学会.

野村美月(2006), 「小説術講義FILE. 08」『ライトノベルを書く！ークリエイターが語る創作術』, 小学館.